逝影

陆屿 著

{impression}

图书在版编目(CIP)数据

近影/陆屿著.—北京：人民文学出版社,2018
ISBN 978-7-02-014609-3

Ⅰ.①近… Ⅱ.①陆… Ⅲ.①短篇小说—小说集—中国—当代 Ⅳ.①I247.7

中国版本图书馆 CIP 数据核字(2018)第 224200 号

责任编辑　付如初　马林霄萝
装帧设计　刘　远
责任校对　李晓静
责任印制　王重艺

出版发行　人民文学出版社
社　　址　北京市朝内大街 166 号
邮政编码　100705
网　　址　http://www.rw-cn.com

印　　刷　三河市鑫金马印装有限公司
经　　销　全国新华书店等

字　　数　144 千字
开　　本　880 毫米×1230 毫米　1/32
印　　张　9.875　插页 2
版　　次　2019 年 1 月北京第 1 版
印　　次　2019 年 1 月第 1 次印刷

书　　号　978-7-02-014609-3
定　　价　42.00 元

如有印装质量问题，请与本社图书销售中心调换。电话:010-65233595

目 录

触碰………… 001

鸟………… 013

一个秘密………… 024

离岛………… 036

十三………… 045

午后………… 059

动物饲育史………… 070

冬至………… 081

种葡萄………… 092

生活演习………… 101

倒春寒………… 110

故事………… 120

台风………… 131

近影…………142

吉尼斯…………154

绿藻…………164

简单…………178

夜行…………191

鱼刺…………199

芒果…………209

编结…………219

拔牙的艺术…………229

魔盒…………237

喜乐…………249

游乐园…………263

物神…………274

异乡…………288

触　碰

　　男孩走在马路上，空旷的柏油路上只有他一个人，还有一个缩小了的影子。气温并不高，但是在烈日的灼烤下，人会禁不住把手搭在额头前，让阴影遮住眼睛。两旁没有树荫，道路在强烈的光照下显得无边无际。男孩的手没有用来挡阳光，而是按在另一只胳膊上，他疾走了一阵后停下来，低头查看胳膊。

　　他是从海湾那个方向走过来的，平时男孩们有空都会往那里跑，无论父母们怎么警告。一个消息在家庭之间流传了很长时间：有个男孩淹死在海湾里。"水可不像表面上那么浅。"父母们讲完这件事后总会这样提醒，可震慑作用不明显。在这些十几岁的男孩眼里，出了这种事不是因为海过于危险，而是淹死的人自己的问题，他们有点儿笨。

看起来他的胳膊受了点儿伤，可能是在礁石上蹭剐的，而在这个时节，被水生生物袭击的可能性更大，到底是什么动物就很难说了——鱼虾、螃蟹、水母。远处的海平缓无声，波浪和泡沫还有这些危险，都淹没在水面之下。

　　对于这一点，余洋最清楚，他正站在窗前注视着那个男孩。男孩穿了一条卡其色短裤，皮肤晒得黝黑，他反复查看胳膊，那里可能有道伤口，假如是水母或者章鱼碰触过的话也许已经红肿。男孩突然跑动起来，很快就看不到踪影了。

　　女人的呼救声到现在还很清晰，每当危险发生，这个尖利的声音和明晃晃的阳光也随之而至。他和同伴先后赶了过去，一个年轻男人仰面躺在沙滩上，已经处于昏迷状态，双腿肿胀，救护车赶到时他已经不行了，医生诊断是被水母袭击后中毒身亡的。夏季即将临近，海边的防鲨隔离网已经搭建起来。每当看到游客企图越过防护网时，他们这些救生员就会举着高音喇叭警告，那些逞强的人对于这种呼喊置之不理，救生员只能开着快艇强行驱逐。

那一年的水母特别多，晚上近海散发出蓝色荧光。也有水母搁浅在海滩上，他用刀子切了一块带回家放进冰箱，后来就忘了这事，等到从冰箱里取出来，那块半透明的胶状物质已经化成了水。

在水族馆仿真的海洋世界漂游，身着潜水服，相当于置身巨大的盒子中。各种颜色和形状的鱼从他身边游过，他的体量和黑色服装可能被鱼当成了礁石，一些小鱼特别喜欢从他的臂下、腿间穿行过去，在他耳边和肩膀上不停地摩擦。他一出现在鲨鱼区，就会有一群孩子趴到玻璃罩前。他们的眼里都是惊惧，对于鲨鱼不撕咬他感到不解，他那如同宇航员一样的装扮，也让他们有点儿时空错乱的感觉。一个小孩，大概有四五岁，转身对他妈妈说了些什么，他猜可能是"太空里有没有鲨鱼"之类的问题。

眼前这个男孩遭遇的情况，他不是没有遇到过，下水之前，必要的流程会自动在他头脑中过一遍：慢一点儿，不要碰到珊瑚石上，小心躲过大鱼锋利的背鳍。海洋馆里的鲨鱼是这个种属当中最温和的，它们不会主动攻击人，但是，如果闻到血腥味就不好说了，它们突然就兴奋起来，层层聚拢，开始围攻猎物。

迄今为止，他没有遇到过大的危险，巨大玻璃罩里的天地开始变得安全，虽说这是相对的，这很像在一个工厂的车间里，只要遵守操作规程，就出不了大事。一旦操作不当，机器也会咬人的。

对于他的这个职业，最不感觉担心的是外甥女小鸥，她特别喜欢谈论凶险的动物，好像只要不停地谈论，它们就都被拔除了尖齿和利爪，不再具有威胁性，她说到它们的时候，仿佛是在林间散步，偶遇了一些旧识。狮子，你好。老虎，早上好。狐狸，是你吃了那只鸟吗？她经常杜撰这样的森林故事，然后问他，你那些小鲨鱼和小海龟怎么样？最近她在很多东西的前面都加了个"小"字，小狮子、小老虎、小森林、小星星等等。他问她为什么不是"大"呢？大的就真的大吗？她反问。他们去过什么大舞台、大世界、大厦，其实不过是个小舞台、小游乐场和一栋十层高的矮楼而已。她胆子一贯很大，他亲眼见过姐姐被蟑螂吓呆的时候，这个小姑娘是怎么捏起虫子扔出窗外的。这样下去会不会有毛病？姐姐不无担心，小鸥的脑子里太多不现实的东西,对此,他也说不出好还是不好。

他一眼就看到了戴粉红发卡的小鸥,从教室里出来的孩子里面她瘦高的个子很显眼。她有七八个发卡,每天更换一个,发卡颜色代表她这一天的心情,她是否正在想象的森林里游荡,又在其中扮演什么角色,他从发卡的颜色和图案能猜个大概。早晨他就领了任务,姐姐把小鸥交给他,他的轮休时间经常用来帮她救急。"单身汉的时间与其浪费掉,不如拿来助人。"姐姐这个理由,他从不辩驳,何况他也喜欢这个孩子。

"今天你是苹果?"他接过她的书包,问道。

"毒蘑菇。"小鸥说了一句就拉开车门,坐到副驾驶的位置上。

"作文辅导课老师举了蘑菇的例子,说是不要只看外表,美丽的东西也会有毒。"她打开易拉罐,把金属环套在食指上转动着,"蘑菇就只能吃不能看吗?只是看看又不能中毒。只要不吃它们,有没有毒又有什么关系呢,这也不能说明毒蘑菇就是坏东西。"

"没人说蘑菇只是拿来吃的,要是他们觉得不吃不行的话,让他们自个儿吃好了,你可以把它当成花。"

听到他这么说,小鸥露出笑容,举起可乐罐喝了起来。她知道余洋任何时候都是她的同盟,不管妈妈怎么觉得她胡闹,他总是站在她这边,况且她并没有胡闹,假如跟别人想的不一样也算胡闹的话,她也没法儿申辩,她从来也没能说服过别人。

"你打算带我去哪儿?"小鸥侧身盯住他问。

"回家。"他假装没明白她话里的含义,他的任务是把她从辅导班直接送回家去。

她把手放在方向盘上,好像不制止的话,这车子立刻就开到她家的门口了。"我们去海洋公园吧,去你那儿,去看美人鱼和鲨鱼。"她急切地指引方向,"反正去哪儿都行,只要能晚点儿回家,回去也是看电视,那些动画片太无聊了。"她被母亲严加看管,最近接连播出的少女失踪谜案吓坏了女孩们的父母。

"上星期二午休的时候我去老师办公室,就那么随便一瞄,你猜看见了什么?"小鸥笑了起来,那肯定是一件好笑的事,她沉不住气,总是在问题刚提出来的时候就漏了底。"王老师,教我们美术课的,竟然在电脑上看《喜羊羊和灰太狼》,我真是无比震惊。"她露出僵住的表情,"他是老了点儿,可智力还没退化到看动画片的地步吧？好吧，就是看动画片，也得是柯南探案之类的，怎么能看喜羊羊？"

"谁也没规定老师不能看动画片，就像你偏要把蘑菇当成花，别人也管不着。"

"那，倒也是。"小鸥想了想，这两件事之间是如何发生联系的，她有些迷惑。

他想到了一个地方，他们正好经过。车子沿着公园的铸铁栅栏曲折地缓行，海盗船在不远处摇晃，尖叫声从震颤的乐曲声中冒出来，随即又被湮没。在山丘的另一边，那些喧闹的声音也变得隐隐约约，他把车子停在海滩边的临时停车场，带着小鸥走向一个独栋小楼，那里是少安的潜水用品店，沿着楼外消防梯上去就是新开业的西班牙风味餐厅。

刚进店里，他就看到挂着杂七杂八的潜水服和面罩的墙上多了一套金属丝编织的护具。他以前在图片上见过，那是专业的防鲨护具。

"新玩意儿啊，你觉得确有必要？"余洋摸了摸护具上的金属丝，一环套一环地连缀起来，有一种冰凉柔顺的触感。

"这是新到的货,刚卖掉的那套据说拯救了一条性命。"少安说,他正在帮一个人穿潜水服。

余洋当然不信。他知道遇见鲨鱼是小概率的事情,不过,试穿一下也未尝不可。跟海洋馆那些温顺的鲨鱼相处久了,他倒是想碰下运气,会一会那些凶猛粗野的家伙。

当他穿好潜水衣,又套上防鲨护具的时候,小鸥打量着他,让他顿感威风凛凛。可从他的感觉来说,这套护具是一个围栏,隔出一个与进攻者周旋的空间,使人在适当的时候尽力逃脱。

他走来走去,展示给小鸥看,顺便试试动作的灵活性。此刻,防鲨服成了囚笼,他摸了摸右侧,那里有一个狭长的口袋,插了一把刀子,那是囚犯藏匿的越狱工具。少安说:"下水试试。"

小鸥跟着他向海滩走过去,他像一个准备决战的猛士,身边跟着一个卫兵。不过,这个护卫者完全没有意识到自己的责任,她用手指勾住金属丝试验它的牢度,他就这么时而被拖住时而被放行,跌跌撞撞地走到水边。

阳光没那么灼烤了,海水却是温热的,他一步一步地向纵深的地方走着，脚逐渐脱离实在的地面，潜行了一段，他开始向更深处游过去。水波中融进投射下来的光线，那是一种晃动不定的状态，光亮柔和，不同于玻璃水箱中的灯光反射，没有人观看，也不用小心地从拥挤的鱼群中穿过，水草在轻缓地拂动，相似的感觉是在夏天的草地上，刚被除草机修剪下来的青草堆在一旁，散发出清凉的气味。太阳半隐在山头，安静得使人困乏。

他向水面望了望，防鲨网的底部漂在上方，他从安全地带游了出去。一些鱼陆续经过，个头不大，稀稀拉拉的，称不上是鱼群。有一条鱼滑过他的护具边缘，他看见了它的眼睛，眼珠在转动，这可能是他的错觉，鱼是否有好奇心，从眼睛里是看不到的。鲨鱼没有出现，本来在近海是很难看到鲨鱼踪迹的，他打算过一会儿就返回岸上。

在水族馆里，他整天都会被小鱼围绕着，时间久了，他能分辨得出它们之间的不同，还给几条起了名字。带朋友的孩子观看时，他告诉他们哪个是老油条，哪一个是大力士，还有体型瘦小的小顺子。孩子们看了半天也看不出这些鱼有什么差别,回家就向父母报告说他有特异功能,嗯,简直神了,他们对此钦服不已。

什么东西钩住了他的后背,就像小鸥的手指抓住他那样,他用力,那东西就拽得更紧。他想转身尽力看清楚那到底是什么,却被拉得漂动起来,像牵线木偶那样无法控制自己的行动。此刻,他不清楚自己是安全的,还是陷入了危险。随后,又有几条绳子似的东西漂过来,他猛然意识到那是章鱼的触须。

他从没见过这样粗壮的触须,那不是须,而是它的手脚。巨大的阴影也覆盖下来,他使劲晃动起来,不让那些触须抓住他。牢牢钩住他后背的那只触须向上移动,缠向他的脖子。他趁这个松动的间隙用双手拽紧触须,它面对抵抗也开始发力,有一会儿他感觉自己撑不住了,快要窒息,眼前模糊起来。他继续摇晃挣扎,伸出右手去抓那把刀子。刀把握在手中,他用力刺去,触须的力量开始减弱,突然松开了。他从摇动的触须中间游出来,拼命向上,呼地浮出水面。

远远地,他看见小鸥的身影,她正蹲在沙滩上注视着什么,好像忘记了他,更不会想到他刚才经历的危险。他把脚步放慢，直到肌肉逐渐放松下来。小鸥看见了他，举着一只小蟹跑过来，她牢牢抓住蟹壳，蟹的爪子在胡乱舞动。

少安正倚着窗户向外望，见他俩走过来，就迎上来："跟鲨鱼打过招呼啦？"

余洋没多说什么，全身都有一种接近虚脱的疲倦感。如果没吃早餐又接近中午时分，他就有这种感觉，那是低血糖的反应。当然，现在不是。他走到更衣室去脱潜水衣和护具，少安隔着墙大声说："我请你和小鸥吃饭，快点儿。"

小鸥跳起来，她的无忧无虑冲淡了他刚才的惊悸。当所有丛林里的猛兽都被当作寻常动物的时候，海洋生物也同样被抹去了危险性，这是她的逻辑。他希望她的逻辑是成立的，在她的想象里。但是，在刚刚经历危险之后，他不知道该怎样向她讲述那个危急的时刻，她还不能真正区分世界的真实和虚幻。他什么都不会说，哪怕这种安全感只是暂时的。

饭店里用餐的客人不算多，他们穿过走廊向里走去。一个正在用餐的女人抬起头来，她看上去有五十多岁,穿了一件桃红色的衬衫,头发完全拢向脑后扎成马尾。她的眼睛并没有看他们,里面透出茫然空洞的神色。她的嘴是乌黑的,连牙齿都是。他意识到那是被墨鱼饭染成的。那只凶残巨型的食人章鱼突然晾在沙滩上,正在被肢解,周围不少围观者在拍照,有人上前去摸那些软塌塌的触须,似乎不亲手触碰一下,就很难相信眼前的情景。章鱼的墨汁流进一只巨大的塑料桶中,围观的游客上前问道:"这要做画画儿的墨汁吗?"旁边有人嘲笑提问者:"这能吃啊,丰富的蛋白质。"那是他看过的纪录片中的一个场面。那些墨汁流进厨房,流进饭锅,由服务员端到女人的跟前。眼下又染黑了女人的嘴唇和牙齿,他看到了章鱼的挣扎以及报复。他笑出来,随即咳嗽了几声。所有人的目光移过来,眼前有点模糊,他使劲眨了眨眼,一切又恢复了正常。他们往前走,走到最里面的角落,他还能感觉到那个女人错愕的眼睛一直盯着他看。

(2015年)

鸟

第一只鸟飞了过去,从我们头顶上,穿过茂密的树冠,消失了。如同第一次射击的猎人,心慌之下,羽箭偏向另一个方向。那飞箭一般的鸟儿把我们吓了一跳,等意识到那不过是一只鸟的时候,第二只,第三只,一群鸟从树林上方飞过,那些遥远的灰色阴影,没有发出任何声音,在晃动的气流中,它们像是一小片飘浮的乌云。我们在树枝上逮到一只青虫,它缓慢地移动,捉住它不必像捉蚱蜢那样费力气。被捏在手指间的时候,它还没有停止扭摆,那种弹性的触感和残留在指尖的黏稠,让我们放弃了带它回家的想法,把它抛得很远。我们在树林里走着,粗壮的大树底下还找得到几个苍白的蘑菇。抬头向上望,枝杈上有笸箩形的鸟窝。前一阵有个男孩爬上树干想察看究竟,结果觅食归来的大鸟一声啼叫把他吓得掉了下来。我们再见到他的时候，他挂着双拐，裹着绷带的一条腿看上去像是假肢。这股爬树风潮就此平息了一阵儿。那些鸟蛋比鸡蛋差多了，不值得爬那么高，还摔断了腿，有人这么总结。于是很多人家的院子里又多了些鸡雏，其实他们对鸟蛋和鸡蛋并不是那么热衷，于是这些小鸡雏逐渐长大后，被他们的主人抱出来，脖子上拴着各色小布条，赛跑或者争斗，发展成另一项没有什么风险的娱乐活动。

我们走到了大路上，两旁是笔直的杨树。春天的时候，这些树枝就会挂上一串串米粒大小的青绿骨朵，白色杨絮就是从那里飞出来的。它们在空中飞来飞去，经常会碰到人的脸颊，还可能飞进眼睛里。路上到处是一团团棉花状的东西，有些讨人嫌，但并不碍事。有人就不那么幸运，开始戴上口罩，据说在这个季节里哮喘就会发作。突然，空中掉下来什么，我们跑过去看，是一只小鸟，翅膀还不硬实，大概是摔得有点儿迷糊，过了一会儿开始挣扎，它还没学会飞。有人认出这是一只麻雀，一个男孩摘下帽子要把它装进去带走，有人在旁边说麻雀根本养不活，它们到了人的家里就会绝食，还会生气，直到饿死或是气死。我们都没了主意，只得把鸟放在它摔落的地方，离开了。

有些人家里会养叫声好听的鸟，每天早上这些鸟在蒙着白布罩的鸟笼里，被带到公园。那里每天都会有很多老年人来遛他们为之自豪的鸟。据特意起早去一探究竟的小孩回来说，那真是百鸟齐鸣，旁边围观的大人都这么惊叹。除此之外，他还附送了一个消息，有的鸟会朗诵唐诗，不过还停留在第一句的阶段。"白日依山尽"，就这一句，早起的鸟儿面向朝阳朗诵这一句。那是一只八哥，黑黑的，挺难看，啼叫的声音却好听。这个奇异的消息，让我的愿望从养猫转向了养八哥。

八月，我得到了一只全身漆黑的家伙。它的确难看，教会它怎么说话，教它朗诵一首完整的唐诗，是个很艰巨的任务。五言绝句对于从没说过人话的八哥来说很难，首先得从一个字开始，不是诗，而是最平常的话。每天喂食的时候，我就说：吃。迈腿离开的时候顺带说：走。那只黑色的鸟眨眼看着我，什么也不说。晚上它在鸟笼里跳来跳去的时候，我就跑过来命令：睡觉。这已经开始过渡到两字句了。接下来，每天一见到它，就说：你好。凡是会说话的鸟没有不会这一句的，它是检验鸟是否真正学会说话的试金石，我期待它发出这个字音，如同父母期待婴儿发出爸爸妈妈这样的字音，哪怕是含混不清的。一个月过去了，它还是什么都不说，只会发出让人感到厌倦的聒噪。每天的例行教程看上去不像是老师与学生的对话，倒像是一个臣子早朝时跪地问安，却换来皇帝傲慢的白眼。课程只得暂停，事情也变得无聊和沉闷了。

我对它失去了兴趣，难看还不会说话，我为什么要这样一只鸟呢？放学后我都要到前面的房子去看看，顶楼有一户人家养了鸽子，他一打开笼子，这些鸽子，白的、灰的、灰白的就忽地飞出去，过一会儿又飞回来。它们没有回家，而是在空中转圈儿，还带来忽忽悠悠的声音，听说那是鸽哨，随着距离的远近发出强弱不同的音响，我以前以为那是风的声音。冬天呼啸的风声，有时也近似鸽哨，这让我觉得寒冷不那么可憎了。

那会儿我整天想的就是得到一只鸽子，或是用这只八哥换鸽子。我爸带我去过中心广场，那里有很多鸽子散落在地面、栏杆,还有士兵雕像的钢盔和枪托上。旁边有个男人坐着马扎,面前摆了不少纸杯,里面装满玉米粒。你只要给他五毛钱,就能用这些玉米喂鸽子了。它们一点儿也不怕人,还没等我去撒那些玉米粒,有一只灰鸽飞到我的手背上,开始吃杯子里的东西。它已经够胖了,还在不停地吃。我扒拉了它一下,同时小心保持杯口的平衡,不让玉米粒撒出来。可这只鸽子比我想的结实多了,它的爪子紧紧扣住我的手,就这么来回拉锯,纸杯倾倒了。它跳到地上拼命地吃,其他同样肥胖的鸽子聚集过来一起啄食。喂食的乐趣全被毁掉,我还想再买一份玉米粒,却被我爸给拽走了。

小雨的爷爷也养了一群鸽子,听我讲了如何教鸟学说话的事儿,他动了心。我们商定他从窝里偷偷抱一只出来,我带着我的八哥前去交换。我打开笼门去抓八哥,它躲在角落不肯出来,无论我怎样哄,还许下很多诺言,它只是用小眼睛瞪着我,好像看穿了我的谎话。没办法,我只能把手伸进去,它狠狠地啄了我的手背,在上面留下一道血印。我去找小雨,空着手。鸽子在他衣服前襟下面藏着,发出咕咕的声音。他看了看我的伤口,决定接受这个事实,我觉得他也不想要一只咬人的鸟，这桩交易就这么完了。

只是有一天，喂食的时候我发现鸟笼门开了，那鸟儿却在里面，正若无其事站在横杆上，这太奇怪了，我想知道发生了什么。那天我假装出门，接着就返回家中，那黑色的家伙正在屋子里悠游地盘旋。我拿起拖把追赶它，就这么来来往往地追了很久，最后它落到窗帘架上，我们对视了一会儿，它不停地眨眼，突然叫了一声：你好，哈哈。我以为是别人发出的声音，因为我从没教过"哈哈"这两个字。可是，真是它说的。

我并不觉得鸟说人话有什么好听，它们极力模仿人的声音，不知道是不是经过无数次揣摩之后，它们才找到那个发出正确声音的位置，听上去像是从喉咙里挤压出来的，有着一种恶狠狠的劲头，不知是出于快感还是报复。它们不像人与人之间交谈那样，你来我往，说话、倾听还有各种表情，它们是在自言自语，才不管你在干什么，是不是需要安静。它们冷不丁发出的声音总是把人吓一跳。可不是吗，假如这是个人走在路上自顾自地说话，那也够可怕的。

自从学会说人话之后,这只八哥仿佛着了迷,不再发出好听的叫声,而是整天沉湎于发出各种奇怪的声音。不得不说,它的口技是一流的,比方说雷声、风声、远处传来的狗吠,它侧着耳朵听了一会儿,马上就叫得让人分不出哪个才是真声。有天晚上,我在搭积木,我妈刷碗,我爸摆弄他的棋局。一阵火警的声音响了起来,我妈慌张地跑出厨房,我听见瓷碗掉到地上的碎裂声,我爸从棋盘上抬起茫然的眼睛,起身想查看究竟,衣角把棋子扫落到地上,我的积木回应似的瞬间倒塌,屋子里就这么稀里哗啦地响着,好像火马上就会烧过来。我们跑到楼道里,发现别人家都紧闭房门,静悄悄的。顶多从哪个开着的窗户里传出《新闻联播》的播报声,回到屋里我们才知道,那又是八哥在捣乱。等到学会模仿各种声音后,它忘记了自己的声音,它很少啼叫,听到别的鸟在叫,它就歪着脑袋,转动眼珠,说一句:"笨蛋。"

这只八哥每天都用尖喙拨开鸟笼门,出来闲逛半天,再自动钻回鸟笼,经常自言自语说着"你好",然后哈哈哈哈一阵儿。它能说的词汇再没超过这两个。事情总会有意外,那年我六岁,当然不可能懂的,我只认为亲眼所见才可信,以为八哥的学舌生涯仅限于此了。那天我浑身臭汗跑回家,被我妈勒令去冲洗,等我顶着湿淋淋的乱发跑到鸟笼跟前才发现,鸟不见了。它没有在天花板上盘旋,也没站在衣柜顶上,屋子里没有鸣叫,也没有窸窣的声响。我慌了,到厨房找妈妈。尽管经常被她责骂,我还是觉得只要有事她就是救星,她无所不能。我早就习惯了她的絮叨,比如说我奔跑的速度很快,一旦得到允许,就如同听到发令枪响的百米选手,嗖地蹿出家门去找同伴,耳后就会响起妈妈的怒喝:"关门,长尾巴了吗?"可我只要想到玩儿就什么都顾不上,无论她怎么呵斥还是记不住这些事儿。我妈停住正在剁菜的手,怒气涌到脸上。还没等她说话,我就哭了起来。这只黑乎乎模样猥琐的鸟每天都会问候我,还懂得在妈妈唠叨的时候用笑声干扰她,把我解救出来。可是现在它不见了,这都是我的错。

"为什么不早告诉我?"她气得说不下去了,解开围裙打算带我出去寻找。但是,我们并没有把握找到一只能够随意飞走的鸟,此时它可能正在空中飞行。妈妈正在锁门的时候，一楼的杆子伯走了上来，他手里握着一只黑鸟，我确信那是我们的八哥。杆子伯到底叫什么我不清楚，只是他长得太像电线杆，我就自己在心里暗中这样叫，别人都不知道。八哥在杆子伯手掌里扭动，它认识我。母亲惊讶地望着杆子伯，他把八哥递过来说："它跑到我窗子外面的鸟笼旁边，用嘴去开门。幸亏我用电线把门拴住了，不过吓着了我那孵蛋的鹦鹉。"他那对虎皮鹦鹉我见过，除了长得还行以外，啥都不会说。

妈妈不停地道歉，好像惊扰鹦鹉生育大计的是她自己。杆子伯是个好心人，我们经常在他家窗前吵吵闹闹的，他顶多出来喊一声。不过我们都没心没肺，不长记性，这种制止完全无效。他生气的时候就说找我们父母告状，可是照样不管用。天气好的时候，杆子伯就推着轮椅出来，上面坐着他的母亲。老太太的年龄我们讨论过，最后一致认为她一百岁了。每次从轮椅旁边经过，妈妈都提溜一下我的领子提醒："问奶奶好！"我成了木偶，随即发出声音："奶奶好！"特别大声。她耳朵不太灵光，声音大了她才听得到。有时候她捏住我的胳膊说："真瘦，你得多吃肉，肥肉。"每当我问候的时候，她都说这一句。妈妈接过八哥,却攥疼了它,它大声叫了起来,冒出一句:"走开,走开!"我们都笑了起来,不知道这是从哪儿学来的,反正我没教过。

"它还去过哪里?"杆子伯问我妈,"它还冲着我老妈喊老板娘,要一碗面,把老太太吓了一跳,她可从来没见过会说这种话的鸟。"

妈妈摆着手,她也不知道该怎么回答,我们以为八哥只不过在家门口溜达,可看起来事情没那么简单。

"老太太倒是挺高兴的,她这辈子都没做过老板娘,她说借八哥吉言,下辈子开个拉面馆。"杆子伯走了,妈妈把八哥关进鸟笼,用一根电线把门给拴住了。电视里正在播放广告,八哥歪着脑袋听,里面传出来一个声音:"喂,老板娘,来碗泡面,要红烧牛肉的。"

我们还是搬家了,妈妈说什么也不让我带走八哥,说我马上要上学,该收收心了。在托付八哥这件事上,她跟我商量,倒不是尊重我的意见,而是怕我哭,她最烦我掉眼泪,但是无论她怎么骂我没出息,我还是管不住自己。八哥交到杆子伯手上,在坐进搬家公司卡车的那个时候,我从车窗望见了八哥的笼子,挂在他家窗前，旁边那对鹦鹉的笼子蒙上了白布罩子。我虽然忍住不哭，眼泪还是掉到腿上，我转过脸去。反正父母都在忙着，没人留意我。我挺期待杆子伯教会它五言诗，哪怕一句。或许幸运一点的话，还能多学会几句。

（2011年）

一个秘密

最近她迷上了一种东西,也不算是特别着迷,只是一种暂时性的执念。这种着迷是突发的,沙滩有一块地方凹陷下去,海水就会自然而然地把它浸满,那个念头的降临就是海水倒灌式的。

吃过晚饭,她在水槽里倒满水,滴了几滴洗涤剂,把碗碟放了进去。一碗、两碟、一匙和一双筷子,说简单也简单,一分钟就能了结的事,她戴上乳胶手套加快了洗刷的速度。碗在她手里转了转,忽地滑了出去,直落进水槽,又砸到盘子的边沿,碎裂的声音传了出来。除了木筷子,泡沫里的白瓷餐具不是缺损一块,就是出现裂纹,瓷匙也断成两截。

她发了一阵呆,才把这些残破的瓷片拢到一个塑料袋里。总是搬家,她把生活用品压缩到最低限度,几只箱子放进汽车后备箱，家就整个移动了。现在不用搬家了，她还是保留了这种习惯。耐用起见，她应该买些不锈钢或密胺一类的餐具，省事的话，带有间隔的分餐盘最为实用，但是她不能那么做。吃遍了公司附近各类餐馆的工作餐，那些营养套餐用的可都是这类盘子，不，她不能回到家里还延续那种状态。现在只剩下另外一套碗碟，那是属于他的。这几天还可以暂用那几个，得抓紧时间添置，等他回来的时候，她不想用残缺不全的餐具做饭给他吃。

　　他们使用的餐具可不是随便在哪儿都能买到的，白瓷看起来没什么特别，可只要在里面盛上热菜热饭，一只兔子就缓慢浮现在边缘。那是一只保持着跳姿的兔子，用藏青色勾出轮廓，它没有向前奔跑，而是直立起身体相当自得地扬着下巴，一个得到糖果的小孩差不多就是带着这样的表情回家的。每当它出现，她都像爱丽丝那样注视它的行踪，它正在往家赶，去往那个兔子洞。她在一家网店邮购了两套这样的"一人食"餐具，后来再去买，收藏夹显示：本商品已经下架。她后悔当时没多买几个。

　　瓷器就是这样，你没法儿保证不碰不摔。只能再买一套其他花式的，剩下的这几个还是留着，这个决定违背了她简单生活的原则，以及配套齐整的严谨习惯，可她也不能把它们扔了吧，有时候自己吃饭拿出来用一下，也让兔子出来透透气。

她发现了一种更加耐用的餐具，白色珐琅，在她小时候家里用过，也就是搪瓷，不过不是白色的，大红牡丹花、金鱼、双喜什么的，她爷爷用的那个痰盂就是这种图案，那些平常无奇的搪瓷碗碟有一种朴素的吸引力。她正准备下单，又看见一只珐琅杯子，湖蓝色的外壳，杯子里面却是白色的。白色中间有一个地方打了码，下面标注：一个秘密，有意购买者，请与客服联系。她来了兴致，那会是个什么秘密呢？她很想知道。

一逛街，她就拉他去看那些卖杂货的小店。里面有文具、摆设、生活用品，还有袜子、内衣什么的。店里来的人不多，好奇心重的人总能找到他们想要或是想不到的各种奇异玩意儿。街角那个杂货店的店主是个男孩，二十出头，头顶的头发直竖着，两侧剃得精光。每回一推开门，门后的铃铛哗啦啦把他吵醒，他揉揉眼睛，立马精神抖擞，仿佛眼睛就是活力启动的开关。

"来啦。"他打着招呼。逐渐地他们彼此熟识了,他知道他们只是逛逛,从来不买东西,可他从没有不耐烦过,任由他们随便看,如果有什么他们没搞清楚用途,他就拿过来演示给他们看,偶尔开开玩笑什么的。

店里可以走动的空间很小,他们小心移动着身体,观看架子上那些设计奇怪的东西,脚还是碰到了收银台下面的一个铁笼子。那笼子可不小,从收银台下伸出一截,里面坐着一只大老鼠,她差点儿要跳起来,店主走过来对老鼠说:"睡醒了,吃饭吧。"他看出她有点儿害怕,就说:"这是龙猫。"龙猫有一张鼓鼓的脸,耳朵立着,看上去很不高兴。它转动了一下身子,低头吃食去了。

"有样东西,你们想不想看?"男孩从架子上取下一个瓷杯,那杯子上印着一幅漫画,一个男人和一个女人正隔着圆桌吵架,男的身着黑西服,系了条红花领带,撇着嘴,女的穿一条黄色连衣裙,一手叉腰,用另一只手的食指指着男人。微风吹拂窗帘,一只橘猫瞪圆眼睛看他们争吵。男孩往杯子里倒热水,水面一点点上升,画面也在一点点褪色,最后,男人和女人的衣服都不见了,他们就这样赤身裸体地吵着,橘猫全身的毛也像是被拔掉了，全然成了个怪物。他俩哈哈大笑，赤裸身体吵架是吵不下去的，那情景实在是可笑。

珐琅杯里会有什么秘密，以它的属性不可能出现变色的效果。

"你好。"客服来了，还发了个笑脸。

"说实话，我很想知道那是个什么秘密。"她说。

"你确定要买吗？"客服问。

"怎么，这是在赌杯吗？我没看到那是什么怎么做决定，万一不喜欢呢？"

"当然不是，我们只是开个玩笑，买还是不买都会告诉你，只是这个秘密不要泄露出去，我们还要把游戏继续玩下去。"

"这个我倒是能保证，不过，真有那么神秘？"

客服发来个抖动的表情，随后是杯子的链接，她点开一看，那是个正在游泳的卡通男子，平头，只穿了条三角游泳裤。另一只杯子内壁上是游泳的女子，头戴泳帽，穿着连身泳装。她不像男子那样保持自由泳的姿态，而是直立着，像是刚从泳池边跳下来，也有可能是高台跳水，无形的水花从她的身体两侧飞溅出去。

这出乎意料,隐秘的、暧昧的、引人遐想的,什么都没有。不过,她还是觉得挺有意思的,虽然不像被剥掉衣服的男女那样有噱头,可看着她和他在水里游动,一会儿没入水中,接着又从水里探出身体,这跟那个隐现的兔子差不多,她决定买一对。

"不好意思啊,女的没了。"客服说。

如果二选一,她还是会要女的,现在却只能要那个乏味的男的。没的选了,再不定下来,那个男的也会没有的。

杯子很快随着几只珐琅盘子寄到了,跟图片上完全一样,轻轻敲击,杯子发出金属的脆响,她知道厚厚的涂层下面是冷轧铁板。她试着倒进热水,水杯立即变得很烫,她只能戴着硅胶手套握住把手,看着那个男子在滚烫的开水里舒缓地游动。往里面丢进一个红茶包,浅褐色从茶包里一缕一缕地冒出来,杯子里的水都变成了茶的颜色,男子继续游着,下半身随着水纹有点儿变形。她又倒进半杯牛奶,男子完全隐没不见了。她喝了几口,一只向前摆动的胳膊伸出来,随后露出的是脑袋,他忽地钻出水面,甩掉脸上的水珠,长长地出了口气。

他的脸出现了,身后是一张床,通常在酒店里看到的那种白床单,枕头和被子都胡乱堆着。对生活规则他没什么概念,方便就行。胡子没刮,脸色也有点儿暗,他大概熬了通宵,醒来没多久。

"在哪儿?"她问。她举着手机,另一只手拿了一个苹果在吃。

"像不像印度人?"他把下巴凑近镜头。鸟鸣一样的歌声飘荡起来,棕色的皮肤在红色纱丽下面隐约可见,她看过的印度电影都是载歌载舞的,可现在除了完全相似的白被单、方方正正的家具,她看不出那是印度还是北京。每次出差他都走得急匆匆的,打电话的时候她才知道他到了哪里。这一年他出差的时间占了大部分,各种技术问题要去指导和解决。她问过那都是些什么工作,他提起一口气刚要解释,气突然又漏掉了:"跟你说也说不清楚。"她的确搞不懂,他整天在电脑上处理那些事,夜深时分醒来,她看见他对着电脑,灰蓝的荧光照着他的脸,他被吸附到另一个世界里,直立的身体不过是返程的通道。他的工作就是在她上网买东西的时候，为购物提供技术支持，可他对她买的这些乱七八糟的东西一点儿也不关心，就是把网购的东西递到跟前，他的回答都是"好好好，都好"。

"还记得龙猫店那个杯子吧，没穿衣服的那个？"她问。

他笑了，对这个杯子还有印象。"怎么，你买了？"

"比那个还有意思。"她说，这是她的看法，也不完全是，这个珐琅杯并不怎么有意思，但她还是想给他看看，不是现在，等他回来再说。

有人敲门，他赶紧下了线，又有事情要忙了，他还没来得及说什么时候回来。她看了看杯子内壁，水喝光了，游泳男子凭空飞行，穿着三角裤，那只前伸的胳膊像被大风刮得弯曲到体前的翅膀。魔术师能让人从床上飘起来，平躺在半空中，她琢磨过，还是不得其解，但她知道，只要得知谜底，所有的神奇都不再神奇。一道淡黄的痕迹出现在男子身体边缘，那是残留的茶渍，没想到这么容易挂杯，珐琅比她想象的更难打理。

手机响了一下，是丁昕的微信语音。"虎头发烧了，刚睡着，这两天我出不了门。"丁昕总是留语音，哪怕她们同时在线，也不用语音电话，这样一来一回，时间拉得很长，等待对方的回复，却做不了什么，她多次提醒丁昕直接打电话好了，可她似乎对这种方式十分着迷。孩子占据了她回家后的大部分时间，她也没空连续聊天，不管是打电话还是打字。朋友们除了单身的都有了孩子，她还没有，起初是没做好当母亲的准备，过了五年，还是没有，现在似乎不是想不想要的问题了。"去试一试做试管婴儿，"丁昕建议，"不行，她才三十多，不至于生不出孩子吧，她不着急。"

她几乎找不到能经常一起出来玩儿的朋友了，那些单身的过了三十岁都变懒了，休息日不是在家睡觉就是黏到电脑跟前，她也把自己暂时归到单身之列。即便约出来几个，大家还是各看各的手机，后来就没什么人主动张罗了。联系倒是常有，转发个文章，在朋友圈贴点儿照片报告一下行踪，那些文章大部分是谣言，照片嘛，都P过，她经常认不出谁是谁。

微信里又出现一个小红点，母亲的语音。她没点开，最近她害怕接母亲的电话，母亲就留言，无非还是生孩子的问题，告诉她又找到了什么偏方，什么时候有空回家一趟，到山中的寺庙里拜拜观音，最好和他一起回来，那样十有八九灵验，母亲强调说。她跟他提起过这事，他对着屏幕，什么也没说。他比她还大两岁，可跟结婚前没什么两样。朋友抱孩子来玩儿，他顶多逗一下，没有特别喜欢。她做好准备了吗？好像也不太确定。

门口都是人，从出租车、私家车下来的人怀里抱着孩子，还在襁褓里的，已经会走路的，大多在啼哭；心烦意乱的父母更加紧张了；那辆准备转弯的车子被堵在中央，十几辆车聚在一块儿哪个也动弹不了。交警跑过来疏导，他每天都要花不少时间来做这事，就像好多只狗兴奋地打闹扑咬，身上的牵引绳缠在一起，得费好大力气去解，这边分开几只，那边的缠得更乱了。她上早班前门口就聚了不少人等待排队挂号，从一开门起，他们就不停地往那些小胳膊和屁股上扎针。无论怎么逗弄，转移注意力，在针扎进去的地方用手指轻挠缓解疼痛，哭声还是此起彼伏。好长一段时间她都厌恶这个工作，特别是往静脉输液时总是找不到血管，父母的抱怨和孩子的哭声就让她的手微微发抖，不得不换护士长上阵。

来了一个小男孩,差不多两岁,针刚扎进手腕,他低头盯着,仿佛搞不清楚这个东西为什么会叮住他,刚刚感觉到疼痛,针拔出来了。他看看针,又看看胳膊,愣了半天,针眼有点儿发红,他举起手说:"蚊子。"

她递给小孩几个棉球玩儿,他又盯着看,在琢磨这到底是什么东西。她一下子就开心起来,现在她对小孩的哭声已经充耳不闻,觉得有趣这还是头一次。有个这样的孩子还能接受,可这事父母说了不算,丁昕的女儿就是个磨人精,她从怀孕开始就受尽折磨,把所有的耐心都抵押出去了。她问过丁昕后悔没有,丁昕盯住她的脸问:"为什么后悔呢?"

"我明天回家。"他在视频里显得很高兴,她也松了口气。这种生活不像是技术员过的,却像间谍过的,来去不定。以前她经常问到了哪里,现在等他通报,反正到哪儿也差不多,都是离开了家。"有个礼物,你绝对想不到。"他说。

还有礼物?这有点儿少见,她随口问那是什么,但知道他不会透露半分消息的,他还真是更适合做个间谍。他果然什么都没说,好吧,等到明天也没多久。

送他什么礼物呢？这个杯子似乎更适合他，等遇到那个跳水女子，她再送给自己。她把杯子放进消毒剂里泡着，等再看的时候，内壁上的茶渍完全不见了，杯子看上去特别洁净，就跟她刚拆开包装时看到的一样，好像比那时候还干净。打开水龙头冲洗好之后，她拿出亚麻布把里外的水珠都擦干，刚要放到橱柜里，手一滑，杯子掉到地上，抢救已经来不及，她拾起杯子，杯底掉了一块瓷，露出黑色的底子。她在地上找了半天，摸到那块白瓷，可怎么尝试也没法儿复原了。她想了一会儿，走到阳台上，把那株仙人掌小心移栽到珐琅杯里。仙人掌看上去没什么变化，就像一开始就栽种在里面似的。

（2017年）

离 岛

他们来得不算早,太阳还没有升到最高,人却已经被晒得睁不开眼睛了。海滩上的人越聚越多,在路上他们就遇见很多人穿着游泳装,肩头斜挎个游泳圈,步态悠闲。汽车被红灯拦下的时候,这些人就像鱼那样,在车的缝隙间穿梭。

男孩走得很快,父亲落在了后面。他时不时地停下来等父亲,那个经常自夸泳技的父亲,小肚子有点儿凸起,汗珠也在鼻尖上闪烁。"这可真像个周末。"父亲擦了擦汗,对他说。他想纠正父亲说这本来就是周末,你应当说这才像个真正的周末。不过,他没说出口,如果不想争执就要在说话时藏起一部分本意,这是跟母亲起了无数冲突之后悟出的道理。

他们在海滩上寻找人少的地方,可是有点儿白费力气。前面就是山坡了，山体像是被劈开一块，露出粗粝的岩层。他们在这儿停住脚步，在离另一群人十几步远的地方卸下背着的东西。他们也没带太多东西，除了一个红色气垫，就是矿泉水、浴巾什么的。

潮水一波一波地扑上来，又退回去。他沿着海水留在沙子上的白色痕迹，走到礁石边上。这里有几个女人，鲜艳的围巾包裹住头部，穿着黑色长筒胶靴，正用刀撬着什么。礁石上覆盖着斑驳粗粝的牡蛎，层层叠叠，也长成了礁石的一部分。她们用锋利的刀尖撬开半风化的外壳，新鲜肥美的牡蛎肉露出来，她们小心地取出牡蛎，放到一个黑色的橡胶桶里。还有人在收集铁钉大小的海螺，密集的小螺也吸附在礁石上，只要随手拨拉几下，它们就像熟透的稻粒滚落到桶里。他知道，这些新鲜的海货会被送到附近的农贸市场，有人会像嗑瓜子那样吃那些小螺。用一把细钳嘎嘣一下掰断螺尾，再放到嘴边轻轻吮吸，螺肉就吸出来了。他从一块礁石跳到另一块上面，身体摇晃了几下才稳住。他家离这儿并不远，除了周末，他也没有什么时间到海滩上来。在学校里，他们还可以避开老师的视线干点儿出格的事儿，只要一出校门，人群就四下散开，一个个地消失在城市的各个方向，窝在家里不动了。

　　他从礁石跳到沙滩上，白沙下面隔不远会冒出一块儿卵石，原本脚掌察觉的细微摩擦，突然间被放大成为生硬的撞击。均匀的摩擦声里掺进了尖利，他踩到了一个玻璃片。长久的打磨和腐蚀，让这个从啤酒瓶子上碎裂下来的残片，有了石头一样粗糙迷蒙的表层。要掂在手上，再冲着太阳瞄过去才能知道，那是一块绿玻璃。男孩又返回到礁石边上，用力摩擦玻璃表层，想让墨绿的透明质地显露出来。摩擦的声音持续发出刺耳的声响，让他想到牙医手中电钻的吱呀声，他停住手，向左前方一丢，把毛玻璃片甩进海里。

　　他听见父亲的呼喊，他乳名的两个字音拉开距离，中间夹杂进来起伏的潮声。父亲的一只手遮在嘴角，仿佛担心潮水吸收了喊声，大概也有些焦急，不只是安全问题，是对他经常脱离视线的不满。他靠近的这个礁石周围没有几个人，只是在礁石之间露出一个男人的米色太阳帽和微微弯曲的鱼竿。他没法儿假装听不见，身边没有耳机这样的道具，而且，他们之间的距离不算远。他还是磨蹭了一会儿，装作小心翼翼地避开礁石上的贝壳，还有坑洼的表面。他知道父亲不会多说什么，这也是他有时愿意跟随父亲出来的理由。

他慢慢走近时，看见父亲的手掌已经从嘴边移到了眼睛上方。眼神里责备的光只闪了一下就不见了。母亲出差，他们仿佛都松了一口气，尽管彼此什么都没说。父亲递过一瓶水来，塑料瓶已经被太阳灼烤得有点儿发烫，他们都忘记带保温袋了。父亲尴尬地笑了笑，说："这事儿只有你妈才记得住。"他没吱声，喝了几口水就把瓶子放到地上。

父亲低头看着他的脚："什么时候划伤的？"

他这才注意到大脚趾上有血迹，可能是礁石划的，他一点儿没觉得疼。不用说，他们也没带创可贴。

"你在这儿坐着吧，小心感染。"父亲叮嘱了一句，戴上紫色泳帽，往水里走去。

他低头查看伤口，只是一道不深的划痕，没什么了不起的。红色气垫丢在岸上，他坐在旁边，看着父亲的背影。潮汐冲过来，父亲有点儿吃力地走着，没多久海水盖住肩膀，有那么几秒钟，父亲消失了，又过了一会儿一丁点儿紫色在水面上闪动。男孩想，此刻如果下到水里，他的手会死死攥紧气垫，几乎与气垫成为一体，父亲的双臂搭成一个弓形撑在他头的上方，看到父亲厚实的胸膛，他的恐惧就没那么严重。在海水中人无处逃离，除了配合潮水的律动之外，就是跟恐惧共处。迎面而来的巨响吸收了所有琐碎的声音，恐惧也被压缩进方寸之中。在海滩，看到的只有平静、简化了的美感，以及太阳照耀下渐起的睡意。

一小块阴影落到他脚上，他抬头看见一个小孩，三岁或者四岁，他不太确定。小孩身上套着一件白色短袖T恤，胸前印着"某某老年冬泳队"字样，看上去像一件袍子。小孩脑袋上顶着卷曲的头发，寸余长，他也分辨不出是男是女。

"你脚怎么了？"小孩看看他的脚，又盯着他的眼睛问。

那眼睛太亮，像一道集中发出的射线，他不自觉地挪开视线："你不是都看见怎么回事儿了嘛。"

"螃蟹咬的？"

"不是，是鲨鱼。"

"我妈说这儿没鲨鱼。"

"你妈可真了不起，什么都知道，她又没看见我被咬。"

"我妈什么都懂。"小孩的语调升高了,他看见那张瘦削的小脸上露出自豪的表情。他小时候不是也在跟别人争辩时,搬出母亲的话吗?

小孩蹲下身,查看他的伤势:"你要小心,蚂蚁会跑来啃你脚的。"

"这儿没有蚂蚁,看蚂蚁到山上去。"

小孩固执地说:"蚂蚁会来的,在哪儿它们都会来,它们闻到血的味儿就会跟来。喝饱了血,它们就变成有翅膀的东西,到处飞。"

"哦,什么样?绿头苍蝇还是蚊子?"

"它们有的变成苍蝇,还有的变成蚊子,剩下的就变成蝴蝶了。"小孩认真地讲着。

变成蝴蝶倒是个不错的主意,他还真有点儿盼望那只蚂蚁队伍循着血迹尽快到来。从右侧传来呼唤声,一个头戴草帽的女人在伸手招呼小孩,小孩扔下手里的沙子,跑了过去。

真静啊,他听得到海鸥的叫声。它们在空中转来转去,跟在载人的机动游船后面寻找猎物。总有一些弱小的鱼虾会被震晕,它们的捕猎行动也随之提高了劳动效率。更多时候，它们还是要独自捕猎。从海浪声中遗漏出来的鸣叫，不知道是焦虑、警告，还是自我打气，它们不是总能捕获猎物，一遍一遍地在海面盘旋着。

从海滩望过去，海水中立着三个高矮不一的岛，近在眼前，目测用不了10分钟就能到达，实际上，他知道乘坐机动船怎么也要走上40分钟，也可能更久。海面缩减了时间，或者声音模糊了距离。一艘小型快艇正往小岛的方向驶去，船底在海面上划起白浪，就像一条飞鱼。

他也坐船去过其中一个岛，不是快艇，是一艘小型海军陆战舰。所有的人走进最下层的舱里，舱门关上后，一盏昏黄的顶灯亮了。除了四周站着的手持钓竿的人，他们看不到海上的任何情况。他闭上眼睛，想象水底的景象。海里的生物都是不声不响地生长着，听不到海藻拔节的声音，也不会有鱼的尖叫。鲨鱼慢慢靠近时，人还在享受畅游的自在，却不知道危险从不会主动发出警示。他们正穿行在成群的鱼、珊瑚和水草中间，鲨鱼露出锋利的牙齿，想咬开船体，却无从下口。这就是这艘退役战舰没有窗户的原因吗？船在海面上剧烈颠簸起来，他感觉得到水的冲力。有一阵儿他有点儿反胃，快要吐了。这时候，船舱门打开，他们已经靠岸。岛上长满比人还高的野草，树木稀稀拉拉地分散在草丛中。那些来钓鱼的人走向不同的方向，很快就都不见了。他跟着父母来到一个小海湾，把折叠遮阳伞支好，固定钓竿，他们就坐了下来。从岛的这一端望过去，他们居住的半岛有点儿模糊不清，如果他们世代住在这个岛上，会不会以为前方的半岛也是荒无人烟呢？不一会儿，钓竿剧烈抖动，鱼咬钩了。这里的鱼可能处在饥饿状态，也可能有点儿傻，总是频繁地咬钩，他们都快来不及放下钓竿了。母亲生起一堆火，他找来几个大石头垒起来，直接把鱼架在火上烤。父亲一手拿着罐装啤酒，撕下一块鱼肉，连声感叹鱼肉的新鲜可口。他们变成了鲁滨逊，远离人群，暂时栖身在荒凉之地。

总这么坐着他感觉无聊，就用石子在沙子上胡乱挖掘。没有蚂蚁，只有偶尔被潮水冲上来的小螃蟹，它们太小了，指甲那么大，甲壳还没长结实。大概被水冲昏了头，它们停住不动，接下来就慌张地向水里跑。这时候，他看见父亲正在往岸边游过来。潮汐还是那么均匀单调地起落着，有时会把藏匿在礁石缝隙里的螺壳冲刷到海滩上。他看见那个卷发小孩捡起一根雪糕棒使劲儿往螺壳里面戳动，不一会儿，一只寄居蟹忍受不了疼痛跑了出来，先是摇晃着，随后就快速爬到水里，再也看不到了。

（2012年）

十 三

"就叫十三吧。"父亲做出最终裁决。不是偷懒,他们一家人都不擅长取名字。取名的时候,父亲看着墙上的挂钟正指向一点钟。她名叫杨一,这个名字属于她有二十三年了。从她出生开始,父亲就叫她老大,好像孩子们将源源不断地降临这个家庭似的,而她将是这支队伍的领路人。老大当了一年,要登记户籍的时候出了麻烦。前一天晚上,全家围着餐桌想取名这个问题,煎熬的程度接近填报大学志愿。

"不能有红或者虹,也不能是丽、华、兰、婷。"父亲发出预警,奶奶很不开心,她本来准备好了"丽"这个字,但是仍然归属于这个禁用字表里。爷爷提议翻字典,一个人发出口令,喊停后落在哪页算哪页。第一次就不太走运，那一页的跳出来的字竟然是"笨"。试了几次都差不多，一筹莫展中他们暂时借了"一"这个字。有一就会有二，父亲说，这与被称作老大很接近，可那时候其实是没有可能的，每个家庭只能有一个孩子。暂时就叫杨一，如果有一天想出更好的字来，随时可以给她更改名字。可是，杨一再没有更换过别的名字。全家人经常围坐在桌边吃饭和打麻将，但没人再提取名字这类伤脑筋的事情了。他们家也没再出现二和三。

十三就是一，在挂钟的表盘上。十三点了，可他们还是习惯说是一点钟。一个轮回，又轮到我们起名字了，父亲如同发现一个奥秘般地宣布。"但是一个轮回间隔十二年啊，不是十三年。"杨一纠正他。"你用十三年减去一年等于多少？"父亲问道。她闭了嘴，父亲总有自己的逻辑，无论那是不是解释得通。"十三遇见一，真是巧了。"父亲说。

十三在下午一点钟的时候变成了一只猫的名字。它溜进杨一的咖啡馆，这时开业只有一周，生意不太好，父母都来帮忙，他们还是感觉手忙脚乱。杨一本来想丢给它一块肉就赶走它的,父亲走了过来。"你不觉得是天意吗?"他用手指了指柜台上放着的招财猫瓷像。是瓷像招来了真实的猫,还是未来的好运气正在隐约指引着他们的生活,现在他们没有时间去深究,但是只要有一丝征兆,哪怕这个征兆是一只蜈蚣提示出来的,他们都会欣然接受并且扩大它的寓意。

小猫留下来了,它对周围完全不感觉陌生,还跳到柜台的招财猫旁边卧下。这基本上算是一只白猫,杂交的血统让它的半只耳朵变成黑色,像一顶歪戴的帽子。跟招财猫红润的耳朵和微笑的眼睛比起来,它看上去是一副不高兴的样子。

"老大,汤姆来了。"父亲说道。他一直这样叫她,只有在生气的时候才会提高调门大喊:"杨一!"

汤姆是马路对面音像店的,一只橘猫。店主何丽给它称过体重,三十一斤,她惊讶而骄傲地宣布这个结果,逢人便说。汤姆经常占据柜台后面主人的座位,何丽只好在屋子里转来转去。每个进到店里来的顾客都会被端坐的汤姆吓一跳,店主变成了猫,无论如何人的脑子都得转一转才能反应过来。何丽到收银机前给客人结账的时候，汤姆就会走到里面的屋子，趴在堆满光碟的桌子上，眼睛紧盯着客人的举动。

"它是最好的伙计，不要工钱，还那么尽责。"何丽常这么说。如果给点儿吃的东西，汤姆就干得更加出色。"把那个酸奶盒拿过来。"她吩咐正在逗汤姆玩的儿子，小男孩把空盒子递到汤姆跟前，汤姆伸出舌头，把盒子仔仔细细舔干净。这时候，何丽就摸摸它的脑袋。

不过，汤姆是只母猫。做过绝育手术，他们因此把它当作没有性别的猫。这个名字还是何丽的儿子看动画片《猫和老鼠》后给它取的。在没有这个名字之前，他们都叫它小东西。刚收养的时候，它连眼睛都睁不开，却已经喜欢跟在他们后面到处转悠了。何丽不得不在它脖子上拴了只铃铛，提醒客人不要踩到它。这个时间没有持续多久，小东西就膨胀成庞然大物，它站在柜台上的凛然之姿，颇有动画里汤姆的气势。他们也觉得这么叫它很不错，因为那种虚张声势的劲头的确很像汤姆猫。

这几天，汤姆每天穿过马路到杨一的店里来。它从院子转到座位旁，再走进厨房和厕所，把店里巡视个遍，很有耐心地接受杨一和客人们的逗弄，然后转身离开。这一次它发现了趴在柜台上的十三后就停住不动了。十三跳了下来，凑近汤姆。十三是个胆大的家伙，从它到店里来的那个时候起，杨一就发现了这一点。夏天刚到时，店里安装了纱门，但是进进出出的人还是会带进来几只绿头蝇。咖啡馆背靠一座山墙，墙边是几棵槐树，一片杂草，里面难免寄居着蚊蝇飞虫。十三的眼睛很尖，在别人刚听到苍蝇嗡嗡叫的时候，它已经跳起来扑打从低空飞过的绿头蝇了。它的技术十分高超，很快就有两只落到地面，它走到近前拨弄那两只苍蝇，仿佛在验证它们是否真的死了。

汤姆的出现只是让十三感到片刻困惑，随后它伸出爪子去拍汤姆的耳朵，汤姆被吓了一跳，但也只是身体微微动了一下。它身躯庞大，反应也显得迟缓，或许也不太看得上这种幼稚的行为。对于十三来说，没有回应，嬉闹也变得没意思了，它的注意力很快转到一只在空中盘旋的苍蝇身上。它快速跃起，手起蝇落，随后把地上的苍蝇放到嘴里。这一连串动作只在几秒钟就完成了，这让旁观的汤姆感到震惊。它自己也曾如此灵巧地打过苍蝇吗?它从来就没有过这样的身手,汤姆瞪大了的眼睛。没几天它们就成了黏在一起的朋友,每天都见一次面,其他时间在各自的店里尽心职守。

杨一把小店粉刷成白色,从旧物店买来的木桌椅,重新漆上天蓝色,菜单也用白色粉笔写在天蓝底色的木板上。坐在座位上的客人是很难看清上面的字迹的,他们缓慢地读出文字,不知不觉地凑到跟前,杨一就会顺着他们手指的地方补充和解释那上面的食物名称。

"奶酪……焗……饭,这是个什么东西?不过尝尝也好,就这个了。"他们像是在攀爬一座山丘,在即将到达山顶的瞬间,一丛苇草助了一臂之力。

"算你有眼光,这是我最拿手的。"杨一心里说,但是她还不习惯说出口,离一个应对自如的小老板形象,她还有点距离。

对于自己的手艺,杨一还是挺有把握的。牛油果意大利面,接骨木果茶,做三明治的面包片火候烤得恰到好处。有人匆忙买了要带走,她坚持让他吃完再离开。"如果要吃一个软塌塌的三明治,你到便利店去买,口感也差不多,价钱可便宜多了。"那种放在玻璃冷柜里的食物，她是不做的。差不多每一个吃过这些食物、喝过咖啡的人都称赞不已。而一年前她还从没有过开店的打算，那时候她是一个会计。

那段时间也很短暂，还不到一年。她突然就干不下去了，跑去看心理医生。

"每天晚上我都做一百米短跑的梦，我跑在最前面，对手跟我相差半步的距离，我听得见她的呼吸声，她的胳膊就要碰到我，即将冲线的时候，我前面突然出现一个跨栏，直接从地下冒出来，她赢了，我却被跨栏绊倒了，膝盖上都是血，看台上的观众都在向她欢呼，没有人注意我。我累了。"她坐在医生对面，不像是在讲述，而是自言自语。

她有一个劲敌，那是同时到财务部工作的一个姑娘，杨一私下里叫她先锋队。上班的第一天，杨一提前十分钟走进办公室，先锋队那时已经处在忙碌忘我的状态，结果在部门例会上得到表扬，先锋队把功劳均分给周围同事和经理，这让杨一感觉到这是对她的潜在批评。第二天，她提前半小时就到了，先锋队又在那里忙着，看上去已经忙了挺长时间。就这样，上班时间一再提前，她们彼此在较劲儿。直到有一天，杨一早晨五点半来到办公室，天色灰黑，分不清是早上还是夜晚。她走进大门，传达室的看门人打着呵欠说："你也来啦？"她上楼，走到门口，门半开着，里面亮着灯，先锋队又领先一步，杨一永远是那个气喘吁吁的追赶者。

她病了，先是发烧，退烧之后她知道这不是身体的原因，就在心理医生那里挂了号。心理治疗到底起没起作用，她也说不清楚，每天在那里诉说暂时有缓解作用，可过后一种身心分离的无力感又会重现。她逐渐停止心理咨询，辞了职，开了店，所有不适的症状也都消失不见了。

客人依旧不多，在午饭和晚饭时间会有三四个人，十三喜欢往穿裙子的姑娘跟前凑，抓住裙边沿着姑娘的膝盖向上爬。遇到被吓到的姑娘，杨一赶紧喝止，但是十三像是没听到似的，直到她冲过去，小心地把十三的爪尖从裙子上取下来，把它放到卫生间关一会儿禁闭。大部分姑娘对十三的生猛举动不太介意，而是争着抚摸它，它也伸出爪子去摸姑娘们的手。十三也不是对每个人都这么友好的，杨一观察的结论是，它喜欢声音柔和穿长裙的女孩。十三的表达方式并不柔和，对于中意的女孩，它百般纠缠，直到对方失去耐心。它也好像感觉到女孩的敷衍，这时候就钻到墙角一个沙发上，藏进一堆靠垫里面。咖啡店也随之清静下来。

冬天到来的时候，杨一先后揽到几个生意，都是团体活动。特别是圣诞节的那个聚会，规模是最大的。"你放心，场地、食物做到最好，营造气氛我最拿手啦。"她对跟她接洽的日本人说，他是一个日语角的负责人。现在，这样的自夸她也能自然而然地说出口了。圣诞前夜，一大群人涌进咖啡馆，日本人和中国人混杂在一起，都在用日语交谈。窃窃低语交会起来成为某种节奏，哒哒，哒哒，哒哒，彼此发送着心领神会的密电码。偶尔有几个常客走进来，杨一也不好明说，就让他们坐在柜台前的高脚凳上。然而，这些笑声和谈话声展示出某种群体的合力，把周围的一切都驱赶到角落，零星的散客仿佛乘坐在漂荡的小舟上面，眼巴巴地望着不远处灯火通明的豪华巨轮，却怎么都无法靠近。就这样坐了一会儿，他们一个接着一个离开了。

天花板上吊着几只日本纸灯，交叉的彩带从纸灯延伸到屋子的每个角落。到处是热气腾腾的灯光、色彩、声音，还有香甜的气味。昨晚杨一很晚才离开，她烤制了足够的饼干和蛋糕。在给那些驯鹿和姜饼人逐一用巧克力点上眼睛之后，她才放松下来。她从点菜单上撕下几页，在上面列出需要的物品、食物和活动的各个环节。她化身为一个接收者，接管了从公司的格子间流向这里的年轻人。

夜晚十二点事情才算就绪，她锁好大门，开车往家走。路上空无一人，车也很少。行驶在宽阔的道路上，周围的建筑都隐身在浓雾之中，失去了参照物，她犹如置身旷野。她耐心地在路口等待交通灯由红色变成黄色，再变成绿色。除了路灯和交通灯指引的方向，周围黑暗茫茫。这个时候，她觉得自己真正从时间当中解脱出来，白天和黑夜不再有界限，什么都慢了下来。早上，她在门口的信箱里看到小伟寄来的明信片，上面是他的钢笔速写，草草勾出一座山的轮廓。看邮戳是在青海，那大概是一座无名山。他画画儿累了，就到偏远的地方徒步行走一段时间。秋天的时候，他回新疆帮助家里的小农场采摘棉花，再跟随父亲开着卡车四处去卖。

杨一习惯了他的这种漂泊状态,在他们认识之前他就是这样过的。秋天的棉花田让她想到了充足的阳光,慢慢流淌到她四周的寒夜里,融解了暗沉的天色。

混杂的低语叠加起来产生了振动,越来越响,日语中开始跳出中国话。"老板娘,上酒!"有人在喊。

"来啦!"她也发出欢快的回应。这让她想到在电影里看到的小酒馆那些扎着围裙的老板娘,她们动作灵巧,脸上挂着暖洋洋的笑容,左右逢源地招呼顾客,空气里荡漾着让人产生眩晕感的轻飘快乐。她仍然不习惯这样的称呼,同样的她还不太善于把气氛搅动得热气腾腾,但她竭力让自己适应这个称呼,或者忽略这一称呼与那个形象之间的联系,有人喊老板娘的时候,她听到耳朵里的是"杨一,来瓶啤酒"。

这群人在不停地喝着啤酒,空瓶子堆在脚边,那些站起身的人就会把玻璃瓶子踢倒,噼里啪啦的声音不断响起。杨一利用空闲走过去,把瓶子收进酒箱里,再拖到门外的空地上。陆续有人跑出来观看堆积的酒瓶,再跑回去通报饮酒的战况。

混乱的场面让十三感到兴奋，它在人腿的缝隙间钻来钻去，有人逗它，它就会跳到柜台和桌子上。H君是一个胖乎乎的年轻人，有点儿喝醉了。十三不安生的举动不知怎么惹了他，他不停地伸出手去抓十三，可每次都扑了空。酒精在他脑袋里面浇出一条窄沟，此刻他仿佛只被一个念头控制住，那就是抓住十三，抓住这个不听话的家伙。他狂热的举动带动了另外几个已有醉意的人，他们拥上来一块儿围堵十三。十三有些慌，准备寻机跑出去，这时候H君在空隙中揪住了十三的尾巴。"我，抓住啦！"他叫道，那声音是中彩票时才会发出的极度兴奋的嘶喊。十三更加恐惧，它扑向H君，在那只胖手上狠劲儿挠下去，一道深深的血痕显露出来，H君捂住手。十三跳到柜台上，杨一捉住它，朝着它的脑袋拍了一巴掌，就赶紧跑过去查看H君的伤情。

狂热的人群安静下来，领头的日本人站到椅子上宣布活动结束，屋子里的人陆续摇晃着走了出去。杨一跟在后面不停地道歉，日本人挥了挥手，一副不以为意的样子，其他人脸上也挂着含混的笑容，互相握手或者拥抱，三两个人一伙打车离开了。

屋子里混乱不堪,看上去却十分冷清。杨一低声呼唤十三,但是没有回应。她挨个地方找,还是没有找到。是不是刚才趁乱跑出去了呢?杨一又在屋子周围找了一遍,还是不见小猫的踪影。天很冷,屋外到处是残雪和薄冰,杨一忍不住担心起来。没事儿,猫的命大,会没事儿的。杨一这样想着。

几天过去了,十三还是没有找到。新年前事情繁多,她也无暇多想,只有在早上开张前望见柜台上的招财猫瓷像,才又想起十三来。过了一阵儿,杨一偶尔望向窗外,看到近处的枯草隐约露出绿色,已经到春天了。汤姆还是经常到店里来,这让杨一又想念十三了。

她跟汤姆一起往音像店走的路上,看到有三四只猫正结伴游荡。她一眼就认出了十三,它耳朵上的黑色断断续续地蔓延到头顶,像是顶着一朵乌云。她叫着:"十三,跟我回家吧。"汤姆听到呼唤往前跑过去,十三站住不动了,眼睛里闪着光,冰冷的,它又看了汤姆一眼,随着猫群跑掉了。

杨一在那儿站了很久,汤姆也一动不动地陪着她。她蹲下身抚摸着汤姆的后背,说:"汤姆,你也回家吧。"汤姆看了看她，朝音像店的方向走去。它走了几步又回过头，杨一还站在原地望着它。

(2015年)

午　后

　　我按下门铃。门口停放着一大一小两辆自行车，小的那辆向内倾斜，把大的挤倒在墙边。天气开始热起来，正午刺眼的阳光从过道的窗子照射进来，可以想得到，孩子们急忙放下自行车，跑进屋子，大口喝着饮料，用手臂抹去额角的汗。门并没有立即打开，里面传来应答声，隔着门听起来很遥远，然后是逐渐接近门口的扑啦扑啦的声响。

　　门开了，李太太那张胖胖的脸露了出来，她穿着袜子踩在地毯上，习惯性地鞠躬，嘴上说着"对不起"。这三个字音有点儿含混，仔细分辨才明白她在说什么。

　　走在客厅里，就像穿过一个混乱的市场，孩子们的书包在地上堆着，桌子上的盘子还没来得及收拾，里面剩了几个寿司。客厅是个轴心，每个人围着它忙乱地旋转。阿尔伯特光脚从里面的房间冲出来，他的妹妹叫喊着追赶，他们绕着餐桌不停地跑动，李太太急忙喝止："停下！"那两个孩子一见到我，问了声好，暂时停止打闹。最小的彼得也走了出来，他留着西瓜头，身材瘦小，脸上是一副与七八岁的年龄极不相符的严肃表情。

"对不起。"李太太脸上满是歉意，那样子如同把汽车停在不适当的位置，妨碍了其他车辆进出，现在正竭力地挪开车子。我早就习惯了这个多子女家庭的混乱场面，也习惯了李太太说"对不起"。这三个字频繁从她口中说出，听上去这更像一个问候语。

李太太要带我穿过客厅到最南面的书房去，一个拄着拐杖的老头走过来。李太太说："我的爸爸。"我朝老头点了点头，可他自顾自地走过去，仿佛没看见。他的腿脚不灵便，可步伐却像是一个军人，他面色凝重阴郁，让人有点儿害怕。

这个狭长的房间怎么看都不像书房，东面和南面都是落地玻璃窗，放上一张书桌和两把椅子，留出勉强侧身而过的空间，就放不了其他家具了。这是李先生常用的房间，墙上贴着打印出来的工作日程表，桌上放着一叠文件纸张。家里的书架摆放在客厅里，孩子们写作业的时候常常聚拢在餐桌前。

最初,我是来给李太太上课的。按照课本和教学进度,她要时常模仿我的发音,但是她的口音实在太糟糕了,很快我们就都对此感到厌倦,不知不觉中,这两个小时的上课时间里插入很多聊天内容。关于中国,关于美国,也有关韩国。每次坐到餐桌前的时候,她手里总是捧着一个白色马克杯,盛着每天必需的补给咖啡,如果离开这黑褐色的能量之水,不知她该怎么应对这三个总也停不下来的孩子,还有一堆家务。李太太有一张典型的韩国脸,面部扁平,眼睛很小,但是笑起来却给人好感。她几乎每天都穿一条浅色的牛仔裤,上身是白色圆领T恤衫。那衣服显然洗过多次了,看上去更加没型和随意。她无论怎么换衣服,也都是这种组合方式。

唯一有那么一次,她慌慌张张地给我打开门,让我自己进客厅坐下,她回到卧室不知在鼓捣什么。开门出来的时候,竟然身着细小的千鸟格套装,胸前还有一朵浅灰色的绢纱胸花。

"对不起。"她又微微鞠躬走到我面前,"朋友结婚,我在找衣服。"

"没事儿,你试吧。"我说道。越来越随意的上课方式，使我们彼此都适应这种轻松的气氛，仿佛教学成果怎么样，我这位学生到底能说几句中国话成了最不重要的事情。

过了一会儿，李太太走出来，重新换上T恤牛仔裤的装束，她看起来感到轻松了不少。她端着咖啡杯坐下，脸上露出苦恼的表情："我们在美国买的礼物，要送给朋友，发现是中国制造。好多好多东西都是这样，他们会认为我们是在中国买的。"我能理解她的心情，万里之遥带过来的东西却不是原产地的，担心朋友体会不到他们的心意。

她举起咖啡杯示意我，是不是也要一杯。这种带有苦涩味道的饮料，我不太习惯，于是她到厨房，端了一杯茶给我。袋泡茶还没来得及在热水中泡开，我拎起细线轻轻晃动，红褐色慢慢浸染开来，一直蔓延到杯底。

李太太不善言辞，汉语词汇又有限，经常会有表达上的困难。奇怪的是，我们彼此却很适应，似乎有些话不必说完整，也能准确领会对方在说些什么。"我喝过一种咖啡，朋友送的，是——汉语怎么说？南——美——？可怕，三天三夜，睁着眼睛，不能睡觉。"她扬起眉毛，仿佛又沉浸在被失眠淹没的情景中。

阿尔伯特突然出现了，他也是T恤牛仔裤的打扮，这似乎是他们这个五口之家的统一着装。孩子们插班到中国的小学学习，每天只在上午上课，阿尔伯特跟着我学习汉语。这个十一二岁的男孩即便长着韩国人的面孔，也看不出跟韩国有多少联系。今天是他的生日，我在外文书店选了一本英文缩写版的《西游记》。

阿尔伯特接过书，特别兴奋，美国人大多这么喜形于色。"他是典型的美国人性格，"李太太说，"我们上课的时候，他总是很活跃，跑来跑去，很难在桌前坐上一刻钟。"李太太讲过，他在美国上过天才儿童班，无论有什么事情发生，只要看到书，他就会沉迷其中，完全不理会外界的打扰。

"这书里讲的是一只猴子的故事。你喜欢猴子吗？"我问。

"不喜欢，我们没法儿在家里养一只猴子，我喜欢狗。等一下。"我还没来得及说话，他就跑到客厅去了，随后抱来一本很重的大英百科全书，"这是拉布拉多犬，最好的牧羊犬，它们现在看家，不用放羊了。我最喜欢这种狗，能拉雪橇。还有这种狗会唱歌。可是，我妈妈不让养。"

家里已经有三个闹腾的孩子，再加上一只狗，局面会失控的。楼下的朱迪夫妇没有孩子，养了一只狗，孩子们经常跑下楼下逗那只狗玩儿。李太太拗不过孩子们的恳求，买过一只兔子，那只白兔有一对红色的圆眼睛，阿尔伯特执意说红眼睛是白化病的特征。它被放在走廊的笼子里，每次我来都会跟它打个照面。兔子盯着我看一会儿，嘴巴嚅动着，可能觉得没什么意思，就缩起脑袋开始睡觉。兔子的气味实在太大，后来被送走了。

"我还喜欢马。"说起动物，阿尔伯特就会不停地说下去，完全刹不住了。

我示意他坐下："我们还要上课，你说是吧？"

他的情绪立刻低落下来，磨蹭了半天打开课本。那些课文的确幼稚无趣，我只得想办法在复习的时候聊点儿别的内容。

谈到在中国学校的情况，他摊开手："我不喜欢学校，都是彼得那么大的小孩，太没意思了。"由于语言问题，他暂时与弟弟妹妹一起读一年级。看到周围都是小不点儿，这个五年级学生感到屈辱。

"很快你就会上五年级了,只是暂时待在这儿,很短。"我安慰他说。对于小孩来说,迁居到这样一个完全陌生的国家,总得需要一段适应的时间。

"有一些小孩下课的时候过来看我们,别的班的,他们说:'看,三个韩国人,还说英语。'就像来动物园看动物。"

"在中国的外国人不多,说英语的韩国人就更少见,难怪他们想知道是怎么回事儿。"我说。

"我们是韩国人,也是美国人,这很正常啊。"他依然是一副疑惑的表情。该怎么向他解释清楚那些孩子的好奇心,这是件不太容易的事。

"好多事情时间长了你就懂了,别急。"我说。

"我们去上学,在门口,有几个和我差不多大的男孩拦住我们,说中国和韩国的足球比赛输了,他们骂我们是可恶的韩国人,要打我们。后来看门的老人过来,他们就跑了。"阿尔伯特皱着眉,显得更加困惑。什么时候他不再说老人而是老头或老大爷,可能很多事情也就懂了。当然这也难说,也许还是搞不懂,这也有可能。

"足球只不过是个游戏,他们为什么要这样呢?我一点儿也不喜欢足球,我喜欢的是橄榄球和篮球。"他做出一个投篮的动作。

他很快就从不满当中抽身出来,讲起他觉得好玩的事情,与内向含蓄的东方人很是不同,难怪李太太说他是美国人。尽管如此,李家还是坚持让孩子们说韩国话,李太太与孩子们的对话也常常是两种语言混杂的,孩子们的举止在说韩语的时候就会流露出韩国人的痕迹,打招呼的时候,他们会鞠躬问好,说的却是英语。

有人从门缝探头进来,把我们吓了一跳,是李先生。

"我取点儿东西。"李先生脸上带着歉意,到书桌上的那堆文件里翻找起来。李先生是个小个子,总是满脸笑容,眼镜后面是一双明亮的眼睛。这个软件工程师看好中国的发展前景,投资开了一个电脑公司。他很快找到需要的东西,如释重负地走了出去。看来他们总是遇到些棘手的事情,但他们很少谈及业务上的事。

有一次我刚走进客厅,就见李太太正神色紧张地在听广播。过了一会儿,她说:"洛杉矶,他们抢了韩国人的商店。"她的姐姐和弟弟还在美国,虽然没有住在洛杉矶,但是,所有的少数族裔和外国侨民都担心事态会扩大。"我在美国十七年了,可我不想做美国人。"李太太说。

"那是你外公?"我问道。

"外公是什么意思?"阿尔伯特又疑惑了。

"就是妈妈的爸爸。"

"是啊,是我的外公。"又学到一个称呼,阿尔伯特重复了几遍。

"从韩国来?"

"不是,是美国。"

那老头拄着手杖,从客厅走过去。他看上去过于严肃,目不斜视地走动着,好像看不到任何人似的。尽管腿不太灵便,可他的腰背还是挺得很直。有一次聊天,李先生说过,李太太的父亲以前是韩国政府的高官。我没有问过他们为什么又到了美国,那时我们无论对韩国还是美国所知都十分有限。

"我知道爸爸的爸爸是爷爷。"阿尔伯特骄傲地展示他的成果,"妈妈的妈妈呢?妈妈的姐姐呢?"看来他也知道这些称呼构成的是一个复杂的系统。我一一做了解释,可看上去这些关系把他弄糊涂了,我只好在白纸上画了一棵家族树。

"麻烦,很麻烦。"他把这张树状图贴在他爸爸的日程表旁边,眼里闪着光。他突然对学汉语有了兴趣,翻开课本,询问里面那些他不理解的内容。

天气热了起来,窗外就是草坪,蝉鸣的声音也持续不断。尽管安装了纱窗纱门,但是孩子们进进出出,难免会让蚊子溜进来。我经常看到阿尔伯特的脸上和胳膊上被蚊子叮咬的红肿包块。"蚊子,可恶。"他挥手做了个劈杀的手势,又摊开双手表示很无奈。

阿尔伯特跳了起来,起身跑到门口,一只黄蜂在天花板上盘旋,又逐渐移到书桌附近。我拿起书过去拍打,这个举动激怒了黄蜂,它急速地俯冲过来,阿尔伯特尖叫着,仿佛这是生死攸关的时刻。我只能继续拍打,疯狂的黄蜂撞到书脊,一头栽到地毯上。我又上前抽打了几下,黄蜂完全不动了。我用书角拨了拨黄蜂,确定它真的死了,我和阿尔伯特都松了口气。

笃笃的敲击声响了起来,阿尔伯特的外公出现在门口,他用拐杖戳着地板,脸上一副生气的表情,嘴里一直在嚷着什么。他的脸拉得很长,挥舞的拐杖就像抡起的一杆长枪,虽然没有指向我们,可我们都被吓住了。阿尔伯特看着他,对我解释:"他说,不要打死它,不能打死它。"

我差点儿被一个男孩撞倒,他在人行道上踢足球,球滚得飞快,他加速追赶,直到用脚踩住球后,回头用英语说着"对不起",又抱着球跑开了。他的脸让我想到阿尔伯特,他们有些相像,只不过时间已经过去二十多年,还有,阿尔伯特不踢足球。

(2011年)

动物饲育史

当我宣布养了一只猴子的时候,教室里响起一片哄笑声,那笑声越来越响,越来越嘈杂,我听得出这已经超出刚得知这件事的本能反应了,声音大得夸张,还伴随着抑制不住的咳嗽声,上气不接下气,混合着嘲笑。一只,猴子,猴子,猴子……听上去猴子不再是一种动物,一个名称,而是一个从天而降的巨大感叹词。

我后悔刚才说出的是猴子,而不是金钱豹或者黑熊。干脆让这些猛兽从自己的名称和词性当中快速挣脱出来,化为体积巨大的恐慌,在笑声的泥淖里反复打滚,一层层包裹住更多的烂泥,再变成难以捉摸的武器,以最大速度发射出去击中目标,让那些哄笑的家伙笑瘫在地上动弹不了,这是比遭到一只猴子戏弄更加出丑的事情,那样的话我就赢了。然而现在我知道,它还是那只猴子,不是恐惧,不是攻击武器,也不是反射嘲笑的棱镜。一只小猴子,只比茶杯大一点儿,它会把屁股沉到茶杯里,双脚伸出杯沿翘起,仿佛那是一个澡盆。它十指纤细,指尖是半透明的粉红,看上去仿佛涂了指甲油。

一只猴子在生活里是不多见的,它出现的地方本应是动物园,在铁笼子里上蹿下跳,模仿参观者的各种动作,伸出手来讨要食物。我就见过一只坐在地上的老猴子,捡起游客扔下的烟屁股使劲吸着。烟头早就熄灭了,它吸了半天没反应,就从嘴上取下来,端详了一会儿又塞到嘴上,不想就此罢休。一群人围过来观看这只吸烟的猴子,有人点燃一支烟递到它跟前,猴子急切地抢到手里吸了起来。它很在行,不但会吸,还能让烟雾从鼻孔里冒出来。人们不断地称赞它的聪明和模仿力,人群也源源不断地聚拢过来。

对于这只小猴子,我一开始就确定不给它任何可乘之机,它甭想学会吸烟,可这只是我的愿望,跟嗜好繁多的人类生活在一起,它会变成什么样子,又将学到什么出乎意料的本事,我也不知道。不过,它肯定学不会打麻将的,无论怎样,对于复杂的智力游戏它还是应付不了，它的那些小把戏只适合博人一笑。

还是说说生活琐事吧。第一次给它洗澡我就遇到了麻烦，浸到水中的瞬间它开始扑腾，我没有抓紧，它跌落水里，这让它产生沉入深渊的恐惧，它尖叫着蹿起来，跳到窗前死死拽住窗帘，无论我怎么召唤，它都不肯下来。我举起拖把的木把去捅它，它叫得更厉害了，跳起来飞奔到厨房，站到吊柜的上端。

我错误地估计了这只猴子。它那么小，那么无助，完全不像动物园里那些齐天大圣，它看上去甚至比猫和狗更适合做宠物。但是，它依然是猴子。我和母亲对视了一眼，扭过头不再搭理它。我们回到起居室继续看那部没完没了的宫廷剧，突然听到有什么东西掉到地上发出的响动。我走进厨房，只见猴子打开吊柜，把里面不常用的锅和盆扔到地上。在零乱的物品旁边，还有一些黑乎乎的东西，我蹲下身去看，发现是一些猫粮，混在里面的还有一条干鱼，上面布满洞孔，一群蛾子从里面冉冉升起，在空中凌乱飞舞着。我这才知道，吊柜早被猫当成粮仓了。

当初脑子一热把猴子带回家时，我根本就没有好好想过它将如何与猫相处的问题。我推开门，这个小东西紧紧抓住我的上衣纽扣,迎接我的花狸猫低声嘶叫,全身的毛都竖了起来。

"等着看吧,家里肯定比猫追老鼠的场面还要乱。"我爸有点儿不高兴。这种先斩后奏的事情我做得太多了,他也管不过来,可还是会露点脸色给我看。现在他担心的是在猫追猴子的大戏开始之前,我们怎样才能防止不小心压扁猴子。他捏住它的小爪子仔细端详,仿佛是一块精细脆弱的玻璃。

"它比我们都机灵。"我说。像是为了印证我说的话,小猴子在我妈坐向沙发之际急速跳起来,这一跳就蹿到我头顶,它在上面站稳,如同攀在一棵树上观察着四周的环境。

我不明白它为什么这么喜欢我的头发。一天夜里,我被头上的刺痒弄醒,原来是猴子趴在我的头发上睡着了,纤细的爪子上还缠着一缕发丝。我无法入睡,也没叫醒它。它安心地依靠着我的头发,仿佛那是一个窝,它的爪子有时会抽动几下,鼾声时断时续。

说起我养育动物的经历,我妈认为那是一部家庭秩序逐渐走向混乱的历史。对此,我妈归咎于自己,而且她相信因果律,就是说目前的一切都能从过往找到源头,我喜欢动物来自她的影响,还有某种偶然性。每当我爸由于这种混乱而感到不快的时候,我妈就会讲起开启这部历史的偶然事件。

我妈说,那是我出生前几天的事情。一只黄色小猫追随她走进楼里。母亲扶着楼梯栏杆的同时伸出另一只手,那猫也不躲闪,盯着她的手、脸还有肚子看。我妈继续上楼,猫在两三步的距离之外跟着。她打开屋门,猫也随着进来,也不知道它哪儿来的信任感,或许是饥饿让它做出冒险的举动。猫是警觉的动物,对于人,它们的警觉显得有点儿神经过敏,但我总觉得这种敏感让它们特别能够分辨善意与恶意。

我妈打开冰箱,翻出一点儿剩菜给它,小猫低头去吃,吃完也不肯走,躺在地毯上睡着了。我爸回家看到这只赖着不走的猫,坚决不同意收养。我妈却母性发作,说什么也不肯把它赶到门外去。他们反复商量的结果是,先把小猫放出去,如果它再次尾随进屋就收留它,他们还是有点儿相信缘分的。我妈对我说,我爸其实根本不相信它还会回来,那不过是为了应付她才答应的。但是,他并不了解动物,更没想到意外总会发生。

在为我出生一百天举办家宴的时候,小黄猫又跟着我奶奶进了家门。我爸本想赶走它，有个年长的亲戚说让它留下吧，猫是招财的，这是这个孩子给你们带来的好运。众人对这只招财猫态度大变，有人扔给它一根骨头，吃完了又丢给它一个鱼头。小猫吃饱了，就趴在我的小床跟前打盹。我爷爷有个特点，喝了酒就要唱歌，当年他参加过抗美援朝，退伍后又娶了我奶奶这个朝鲜族姑娘，因而特别喜欢朝鲜族歌曲，虽说歌词他也只能说出大概意思，但一点儿也不影响他用原文演唱。这时候是酒席的最高潮，爷爷高歌，奶奶随着音乐起舞，宾客们用筷子敲击碗沿一同助兴，热闹极了。小黄猫也加入进来，它围绕奶奶的裙边转来转去，成了奶奶的舞伴。

"你们见过一只会跳舞的猫吗？"奶奶开心地抱起小猫，从此不仅是猫，各种动物开始在家里出现，金鱼、兔子、龙猫、蜥蜴、鸟，只是他们都不太走运，死掉的，送人的，就这么来来回回，不知有多少了。不管身边的伙伴怎么变换，猫的地位都是最牢靠的，它是帮主。这只黄猫是跟我一起长大的，但是在我十二岁的时候它去世了，我们又抱了一只小猫，觉得这样一来它的生命就会延续下去。

我是独生女,父母有时候不得已把我关在家里,猫成了我最好的伙伴。起初,它睡在地毯上,冬天来了,它就跳上床,睡在我脚边。到后来它挪到我的枕边,差不多是在搂抱我。"回家看见猫和你都睡着了,它的姿势好像是在保护你,我们都很安心。"说起黄猫,我妈认为它是上天派来看护我的。那只猫长得非常快,成年后有二十多斤,巨大无比,说它是一只小老虎也不夸张。可是我们住在公寓而不是丛林里,巨猫不会有凶猛的天敌,它只是一个起不了多少作用的卫士,却如同一个安全的象征,减轻了父母的担忧。

还有一件离奇的事情,我妈后来提起的时候我完全没有印象,那时我才两岁,五岁之前的事情在我的记忆中完全缺失。讲完这件往事后她补充道:"嗯,看来以后你也得有个女儿,这样你就知道五岁以前是什么样子了。"那时候我已经会跑了,她领我去买菜,在一个菜摊前挑拣青菜的时候,不知道是怎么回事儿,一只大狗在市场里狂奔不止。人们忙着躲闪。我突然离开她跑向大狗。那狗停住了,周围一片惊呼,我妈也吓坏了,正要跑过去把我抱开,我却抚摸起大狗的脑袋。狗安静下来,任由我拉它的耳朵,搂紧它的脖子,狗主人随后赶到,看到那一刻的情景,他也感到不可思议。

当你拥有一只动物,或者有过养动物的经历,你看动物的眼光跟其他人也会不一样。比方说你有一只狗,就会觉得天底下的狗都可爱无比,哪怕是那些曾经让你害怕、躲闪和嫌弃的狗。与它们相处的时间越长,你就越会感觉某种界限的模糊,人与动物,动物与动物都是如此。你将爱屋及乌。我两岁的时候看世界的角度,跟动物那个高度所看到的是不是有相似之处呢?

有一个时期,我对描摹自己想象的世界和动物极为着迷,笨拙的笔触使得我画出来的东西奇异难辨。在一些图画里城市被勾勒出粗略轮廓,那是城市地形图和历史地图的混合体,在里面消失的是时间。在另一些画儿中,地面、植物、消防栓和斑马线又杂乱无章地堆在一起。当然,我最爱画的还是各种不存在的动物,兔子的耳朵、猪的嘴、人的手指、狗的尾巴会集中在一只动物身上。有时候动物又会被极度简化,它们的身体只是一个圆形,上面长了很多嘴巴,或者在这个身体中央只长了一只巨大的眼睛。我不能拥有所有喜欢的动物,但我能创造出一个杂糅体。这样看来,今天我拥有一只猴子也就没什么可奇怪了。任何不常见的东西都令我着迷,借助它们和对它们的想象，我就可以栖身在自己的想象世界里。

　　过于活跃的动物，通常会被关起来，关在一个牢固的难以逃脱的地方任由它们折腾，动物园的铁笼子和玻璃兽屋最适合。在这儿，它们看得到外面，而人又看得到它们。当然，建这种地方的本意并不是为了动物，动物看到人类，对它们自身无所谓好不好。可是，如果让你的猴子在屋子里随意走动可能会引发混乱，训练是免不了的，包括惩戒。跟人一样，它不能总是被关在屋子里，这样每天半小时左右的放风成了猴子最喜爱的活动。为了防止跑丢，我在它脖子上拴了一根细绳，这让牵着绳子的我很像一个耍猴人。走在路上，我被一群小学生包围起来，他们都戴着小眼镜，身着不合体的肥大运动服，脖子上还系着绿领巾。那些脏了吧唧的手同时伸向猴子，连好奇多动的猴子都被吓住了。在我看来，他们也是一群小猴子，借住在人的身体里，只要有机会就会暴露原形。一个小孩从口袋里摸出一毛钱塞到我手里，这个小孩我以前见过，只要遇到路边的乞丐或是卖唱艺人，他都会扔下一点儿钱。猴子见到这枚硬币兴奋起来，它从我手里抢过去，放在嘴里又舔又咬的。

从这时候开始我发现，这只猴子对钱特别敏感。我做过一个测试，在它面前放上一元和一角两枚硬币，它会选面额大的那个，同样，纸币当中它会选百元而不是十元。后来它得了个绰号"财迷猴"，人们经常出于好奇心来验证它的辨识力，而它一旦拿到钱就不松手，为此我只得拿自己的钱还给人家，还得小心被猴子再次抢走。

我爸说得没错儿，但也不全对，混乱只是在刚开始的时候，后来就完全变了。猴子第一次靠近猫时，它们都双目圆睁，处于高度紧张的状态。为了防止争斗，我们尽可能把它们分开。可再小心，也难免有正面相遇的时刻。出人意料的是它们没有打起来，不知道是不是小猴子让母猫想到了刚刚被送人的几只小猫，它放弃了敌意和戒备，身体逐渐放松，猴子靠近它，用粉红色的爪子抓住它的背毛，去翻找虱子。从此之后它们形同母子，猴子经常钻到猫的怀里熟睡，母猫也允许猴子品尝它的食物。可能猫粮的味道不怎么样，猴子全都吐了出来。猴子在晚餐时跟我们一样坐在一把椅子上，共同享用我们的食物，猫却只能趴在地上盯着看。

尽管这样，不在家的时候我们还是会把它们分开，确切地说是为了防止猴子捣乱,把猴子关在笼子里。每次我们回家把它放出来,它都会立刻奔向母猫。有一天,我刚打开门,猫就跑过来不停地叫,我进屋发现铁丝笼子的门开着,猴子不见了。我不停地呼唤,在家里的每个地方寻找,什么都没找到。最后发现卫生间的小窗开着,那本来只留了一道缝用来通风换气。笼子的门从里面是无法打开的,猴子是怎么逃脱的,这让人充满疑惑。我在居住小区的围墙、告示栏和大门口都贴上寻猴启事,可过了很久都没有消息。关猴子的铁丝笼子落满灰尘,被放到阳台的角落里。那天我趴在阳台栏杆上看街景,黄猫也悄无声息地跟进来。它蹲在笼子旁边发了会儿呆,突然伸出爪子按住门上的机关,门向上升起,完全打开了。

(2014年)

冬　至

他推了推门，门却没有打开，像有什么东西给挡住了。或许大雪封了门，他摇着头否定了这个奇怪的念头。住在公寓楼的顶层，即便雪不停地下，也不至于堆到五楼上来。不过，雪的确在不停地下，三天了。有时候雪片飞过来差不多有杏子那么大，慢慢落下来，看上去有些要停的意思，不承想又更加猛烈地飘散下来。

奶奶每天早晨都坐在窗前。她的右脚骨折过一次，后来就不大出门。这幢老楼没有电梯，每天攀爬楼梯对她来说十分困难，不到迫不得已的时候，她是不出门的。不要说年过八十的她，就连他也时常感觉有些吃力。

"我这辈子都没见过这样的冬天，天天下雪。"她拍着白猫的脑袋说。最近从奶奶嘴里经常冒出"这辈子没有"的说法，不知道真是异象，还是她的记忆断了片。同一件事情，她会反复说上几遍，就像出现划痕的唱片，阻挡机针顺畅地滑转过去。但是，讲着讲着细节就会有出入，这时候他就来了精神，刨根问底地要奶奶解释清楚。不过，她会用各种漏洞百出的解释让他也跟着身陷泥潭。最后他只能脱身逃掉。

门有点儿变形，一侧下沉，与地面产生的摩擦力让开门有点儿困难。他下楼走到小区里。雪还是不见小，一个男人正趔趄地走着，身后留下的是黑洞似的脚印，雪随后就填埋进去，形迹开始浅淡，很快就模模糊糊了。路边停满了车，那男人停住脚步，犹豫地辨认着自己的车。所有车身都被雪覆盖着，很难看清车型与颜色。他只好掏出车钥匙，按了一下。一声怪叫，仿佛一只躲在树丛中的鸟儿被胡乱射出的子弹击中，闪烁的车前灯暴露了车的位置，男人气急败坏地走了过去。

本来他上午没有课，刚才办公室的教学秘书打电话过来，让他给佩奇代几节课。这个身高一米九的外教看上去吊儿郎当的，却从来没有请过假，有时候别人要他代课，他也很爽快地答应下来，像今天这样，大概是头一次。

203教室来了两个学生，正凑在一块儿聊天，看见他走进来，彼此交换了一个疑惑的眼色。他把教材放到讲台上，说："佩奇今天不来了。"

"大新闻。"一个扎小辫儿的男生笑起来。

"就差给他评劳动模范了，我这么跟他说过，可他听不懂模范是啥意思。"微胖的中年男人说道，又掏出烟盒，丢了一支给他。

他把讲台上立着的"禁止吸烟"的牌子转向窗户，走到他们跟前借火。把打火机递回去的时候，他笑着说："他不懂，你们懂就行了。"

大雪阻隔了交通，估计今天很多人要迟到，或者根本就来不了。除了前台的接待员，他在过道里没看见其他人。

"这么大雪，还不知道我要去那地方是不是也这样？"中年男人说。

"可能还不止呢，听说冷的时候跟哈尔滨差不多。"小辫儿晃了下脑袋，"温哥华好点儿，就是雨下个没完没了，我一哥们儿到那儿没几年抑郁了。"

"你哥们儿闲出的毛病吧？干我们这行每天在厨房

里不停干活,哪儿有时间跟自己较劲啊,你得不停地跟火较劲。"中年男人比划了个颠勺的动作。

"佩奇是从卡尔加里来的,他没少跟我们吹牛,讲他打死黑熊的事儿。"小辫吐着烟圈,一副毫不相信的神情,"我听207教口语的凯瑞说,他们一块儿站在上海世贸中心楼顶,这家伙差点儿晕死过去。一个恐高的人会有这种胆量和身手吗?"

又有学生走进来,他打开窗户把烟头扔了出去。上课时间到了,教室里很冷清,整整一节课,不停地有人敲门,进来,门也忽悠忽悠地闪个不停,他正在讲的口语考试要点一再被打断。这让他觉得自己也变成卡壳的留声机,停在一道纹路上半天滑不过去。每个走进来的人都会在门口犹豫一下,望望他,再扭头看看门牌,以为走错了教室。对他们来说,佩奇的缺席是个意外。下课铃响的时候,有一个女生走进来,她猛地摘下帽子,残留在兔毛帽边上的雪水飞溅过来,他说道:"休息十分钟。"

佩奇来这儿有一年了,据说他来这个培训学校之前已经在中国北方的好几个城市任教,大学、中学都教过。他最爱讲在一个小城里的经历,因为少见外国人,刚到那儿的时候，只要他在街上走，后面就跟着一群小孩。他掏出糖分给他们，那些小孩一边嚼着糖，一边对他穷追不舍。后来他跟其中几个熟悉起来，那个名叫彬彬的小男孩，他的父亲每天早上都到附近的小海湾去迎接渔船，买了海鲜就到自己的小饭店准备开张。

"我走过饭店门口的时候，彬彬的爸爸都会叫住我，非得让我喝啤酒。'皮老师，来尝尝今天的鱼，新鲜着呢，我保证你在加拿大吃不到这么好的鱼。'"佩奇一说到这儿就大笑起来。

特别是夏天的晚上，很多人围坐在饭店外面的桌子旁吃烤鱼，喝啤酒。"就是凉水瓶那么大的一杯，一杯接一杯，喝多了，他们都光膀子在那儿胡侃。见到我也叫，皮老师皮老师，来一扎。我哪儿行啊，就跑了。"

关于打黑熊的事，我也跟佩奇核实过，他用那种见怪不怪的语气对我说："黑熊有什么稀奇的，你到院子里扔垃圾都可能在垃圾箱边看见一只饿坏了的熊。熊、狐狸、浣熊是我们那儿的常客。"但是，我们还是好奇他是如何对付黑熊的，徒手有点儿悬，佩奇虽然个子高，力气看上去却不怎么大。也许是用猎枪吧，在寒冷的冰雪地带，能打猎也不算是稀罕事。但佩奇还是坦白，射杀黑熊的是他父亲，他没干过杀死动物的事儿。"连一只松鼠都没动过，我见流血就头晕。"

大家有时候还是会拿黑熊这事跟佩奇开玩笑，称他为加拿大武松。他特意查了查武松的故事，说："看起来不错，我愿意当武松。"

路面上堆积的积雪被融雪剂化掉了，来往车辆不停碾压，让道路变得黏腻肮脏。这样的天气打车是要靠运气了，公共汽车也很难挤得上去。有些小轿车在一些转弯处和上坡路上突然熄火，那些开车的人不得不丢下车，徒步回家或是挤公共汽车。路不算远，我干脆步行回去。人行道也比平时人多，要不是看到大雪，外来的人会误以为是这个城市一年一次的市民徒步运动。

进了家门，一阵热气就扑过来，奶奶高声说："今天回来得正好，我们吃饺子。"包饺子在我家是常事，以前只在节假日才吃，现在比从前包得频繁多了，节气转换、各种节日，还有为离家的人送行，等等。父亲这几年的工作得经常出差，饺子几乎成了我家吃得最多的主食。我在客厅沙发旁边看见了父亲的行李箱，他大概刚下飞机。按照我们这儿的习俗，出差回来要吃面的，但恰巧赶上吃饺子，这样的混乱经常发生。

"反正你出门在外跟在家的时间也差不多，我们都分不清是该迎接还是送行了。"母亲在餐桌边剥蒜，蒜泥混合酱、醋是我们家吃饺子必不可少的佐料。

奶奶已经很少吃蒜了，所有在我们看来不可缺少的五味，对她来说都觉得刺激。清淡是她唯一能接受的味道。她吃得很香，问我："你吃过香菜馅的饺子吗？"奶奶的奇谈怪论我早就习惯了，只当这是她的想象，我妈插嘴说："我吃过，好吃。"

奶奶看着我："哪止香菜，青椒、茄子、西红柿都行，槐花馅饺子你更没吃过吧？"

我妈提醒她："他小时候吃过，嫌不好吃，都吐出来了。"

这事我还有印象，那时候奶奶身体还好，她拿了一个竹竿子，顶上绑着一个粗铁丝弯成的钩子，我们沿着山路往上走，她在一棵茂密的槐树下面停下，举起竹竿去够树叶间成片的白花。一使劲儿，花束落了下来，我就捡起来放到篮子里。

"来吃冬至饺子。"我妈端着冒热气的笸箩过来。奶奶夹了一个说:"一年又要过去了,饺子总也吃不够啊。"

雪还是没有停止的迹象,交通拥堵混乱的状况也在持续。奶奶说得或许没错儿,最近的电视新闻开始称这次持续降雪为"百年一遇"。下过的雪融化之后又覆盖了新的雪层,反反复复。有些地方的雪被风刮薄了,下面的冰层就格外危险,稍一松懈人就会滑倒。路上的行人少了很多,那些还走在路上的人都用厚重的衣服裹紧自己,战战兢兢地移动着。

佩奇还没来,关于他请假理由的说法却五花八门的。下课后小辫儿问我:"听说佩奇出了毛病?"

"他瘦归瘦,没听说有什么毛病。"我接过他递来的烟,借了个火,又顺手把窗子打开。下雪的这几天门窗紧闭,楼里的新鲜空气都快耗尽了。

"据说他这病是先天的,很罕见,一千万人里才一个,叫什么晕雪症。就是说下小雪没啥事儿,如果下大雪,那种白茫茫的雪能让他立刻进入昏厥状态,就跟催眠了似的。假如他那时候正在走路,就像定格那样保持原来姿势,双脚一前一后地停住。他这次犯病,120急救车来了,他身体僵硬,好几个人硬是把他塞进车里拉走的。"

"这么神奇的事情发生在佩奇身上,还真没想到。"我说。雪被风刮了进来,烟灭了,教室里有人在喊:"冷死了,关上窗户吧。"

"你听谁说的,还这么详细?"我问小辫儿。

"早都传开了,可以说是尽人皆知,你肯定是最后一个知道的。"小辫儿一副开心的样子,好像他是最先发现这种疑难杂症的医生,向世界昭示重要的医学发现。

"不过,有点儿说不通。佩奇的家乡常年积雪,你说他晕雪,那不是几乎整个冬天他都得昏迷,跟动物冬眠一样了?"我还是觉得这是个可疑的消息。

"这个,我也说不清,这不是遇上了百年一遇的大雪了吗?"小辫儿挠了挠额角,那儿的头发也被编结起来,缝隙间露出头皮。

雪连续下了一周后彻底停了,重现的蓝天让人产生需要重新适应。中午的阳光照射在雪地上很是晃眼,佩奇也来了。他的左胳膊缠着绷带,额头也贴着纱布,看来他晕倒的时候摔得不轻。

几个学生拉着我和佩奇一起去吃午饭,说是庆祝老师伤愈归来,我知道他们不过是出于好奇,想知道佩奇是怎么变成这个样子的。

饭店里的人都在看我们,尤其是佩奇,实在引人注目。他自嘲地说自己是兵马俑,具有被人参观的价值。

"没事儿,佩奇,这几天下大雪,像你这模样的不少见。"厨师安慰他。

"其实,我这样子跟下雪没一点儿关系。我是自己不小心掉进窨井的,也不知道上面的铁盖怎么没了。"

"我家门口那窨井盖都被偷了好几次,那是铁的,能卖钱。"小辫儿也说。

"我们还以为你出了特别的事儿呢。"我说。当佩奇听说了关于他有"晕雪症"的传言后笑得喘不过气来:"我有点儿晕血是真的,真没想到能传成下雪的雪。中国话实在是……我要把这个故事讲给我妈听。"

后来又下了几场小雪,有些树杈和空地的雪一直没有融化,等到雪完全看不到的时候,冬天就过去了。佩奇的伤好得很快,他又成了那个喜欢帮忙代课的模范。

在下个冬天来临前合同到期,他回国了。前两天他发了个邮件给我,还附带了几张照片,其中一张里他正举着猎枪瞄准,另一张里他肩扛一只体型不小的鹿,身后是白色的雪,覆盖了森林和山峦,那雪跟我们这里比起来,的确要厚得多。

(2012年)

种 葡 萄

睁开眼睛，他发现天还是亮的。本来他站在阳台上向窗外望着，外面夜雾浓重，远处的高楼已经看不到楼顶部分，但是那些灯火透过浓雾发散出黄色的光晕。脚下不知怎么回事儿，突然晃动起来，窗外幻觉般的灯火也跟着晃动。腿脚不听使唤，他从楼梯上滚下来。他怎么会从窗边来到楼梯间的呢，还没等理出头绪，他睁开了眼睛。那是个没头没脑的梦，此刻他躺在放低了的椅子上，夕照直射进他的眼睛，窗外的景物模糊而快速地移走，他这才反应过来，此刻，他正身处高速列车上。

梦境总是这么出人意料，直接把他带到家里，省略了这段乘车的旅程。这个区间的火车早就取消了夜间车次，现在，只要五个小时就到终点站。只要不出差，每隔一个周末他都要乘坐高铁回家。最近一次走下火车，来到他熟悉的街道上，他被眼前的景象吓了一跳。从他身边走过的人，脸几乎都被口罩遮着，红的、蓝的、黑的，上面印着红心、骷髅头、猫脸什么的，更让他意外的是那种如同防毒面具似的口罩，他仿佛置身于生化危机威胁中的世界。天色昏黄，他闻到一种呛鼻的气味儿，他家从前临近一个化工厂，经常有相似的气味儿飘进屋子里。

一个小男孩的声音从对面传来，他正在问他的妈妈一个问题。他伸手去按椅子侧面的按钮，身体随着椅背慢慢挺直之后，看到对面的人正看着他。那是个三十岁左右的女人，手里拿着一本封面翻卷着的书。看见他坐直后，她把书合上递过来："你刚才睡着了，书掉到地上。"她是什么时候上车并且坐在他对面座位的，沉沉入睡的他并不知道。她旁边是那个说话的小男孩，四五岁的样子，正专注地看着窗外。他推断，他们上车的时间不会太长，这一路上都是大同小异的平原风景，一个小孩还能盯着看，说明还没到厌倦的时候。

他刚要接过来，手停住了，随即摆动了一下说："没关系，接着翻吧，我也是拿来打发时间的。"每次出差，他都会到车站或是机场的书店里买几本书和杂志翻看，下车的时候顺手就扔掉了。每次把这些书刊扔掉的时候他都会想，他这是在垃圾堆里寻找珍珠，可能找到的是假珠子，但至少让那些无聊的时间填满了，当然，那些用来盛假珠宝的时间之匣也随之被丢掉了。

"你也是北方人？"那女人接过书，一边翻找中断的那一页，一边说，看样子她读得比他还快一些。从口音里大致听得出他们来自哪里，至少是南方和北方的差别。然后，他听到了一个地名，他去过那里，最北方的一个城市，那天从机场航站楼走到露天底下，一股冷气钻进他的口腔，那是被大风吹来的空气，冰凉地回旋在咽喉，一下子被他吞了下去。但是天空纯净，在天际处他看到了一些白云的残迹，它们也正被大风追赶着奔跑，很快就退出了视线。

他们开始了闲聊，他谈到了到达那个城市当天的印象，大风和寒冷，还有站在楼前排队乘出租车时看到的天空，看上去离他特别近。

"我离开那里也是因为大风和寒冷。"女人说到冷的时候，身体也跟着颤抖了一下，仿佛那冰冷突然间重返体内，把内脏给冻住了，他们之间谈话这么容易就找到了一个切入点。此刻的车窗外,绿草葱茏,乘客都穿着夏装。

"三九天的时候我们出门要戴口罩,呼出的热气会让下半边脸都罩在白霜里。鼻孔里面结了冰,你都能感觉到支棱的冰碴儿。不过,屋子里真是暖和,进到家里,就开始一层层地脱衣服,经常脱得只剩下一件单衣。"说到那种暖和,那女人的表情就像是一条冻僵了的蛇,正被扔到沸水里,苏醒之后慢慢蜕掉表皮钻了出来。

"更过瘾的是,外面北风呼啸,刮在门窗上发出一种怪响,就像猛兽。在我们看来,风是一种动物,威胁我们却近不了身。我们经常在晚饭时吃热气腾腾的火锅,在大风的咆哮声里。你知道更绝的是什么吗?我们把装着梨或是其他水果的网兜放在北窗外,用绳子捆绑在铁栏杆上,风把梨冻得比石头还硬,就是没办法刮走它。吃完饭我们把冻梨拿进来,缓一会儿,等到梨肉软一点儿,我们就开始啃,口感像是冻紧了的冰淇淋,那味道无与伦比。"

冻梨,还有苹果、柿子和葡萄。剥掉被热气稍微融化的葡萄表皮,在灯光的照射下果肉呈现晶莹的绿色,像一颗翡翠珠子。总会有几天大雪封门,他们热衷的家庭活动就包括这项冻水果,更确切地说,是孩子们更喜欢。

"葡萄,我们家还有葡萄架。"她像是瞬间来到葡萄架下,正准备拿起剪刀剪下累累果实。

"妈妈,我想吃葡萄。"男孩把头转过来,他的头发竖立着,长度接近脸的一半,眼睛圆睁,一副吃惊的表情。

"我们没有葡萄,有苹果。"他妈妈从包里掏出一个黄苹果,男孩用手一推说:"我要葡萄。"

"我们只是在说葡萄,现在还不到时候,葡萄还很小很酸,等到秋天,树叶落了,葡萄才能从酸的变成甜的。"

男孩将信将疑地看着她,好像不相信甜葡萄经历过这么漫长酸涩的过程才能长成。

他从前住的四合院里也有这样一个葡萄架,夏天的夜晚很多人都会聚在下面下棋、聊天,小孩就围着疯闹。听着她的讲述,他发现其实他们小时候的生活差不多。缓慢的节奏,有时间和空地栽种蔬菜、水果,观看天空和远山。不过除了水果和蔬菜,其他可吃的东西确实不多，不像现在。栽种完全是对匮乏食物的补充，而到了冬天，连蔬菜和水果也少了，白菜、土豆几乎天天在吃。

小男孩拿起苹果啃了一口，就放到面前的小桌子上，双手撑着桌面跳下来就要往过道走。他妈妈拉住他问道："去哪儿？火车在跑，你不坐着会被晃倒的。"

男孩使劲儿挣开母亲的手，站在过道中间，还跳了几下证明他没事儿。飞逝而过的景物让人感觉到火车在快速飞奔，车厢里的人，彼此面对面却保持沉默，除非睡着，或是像她那样读点儿什么。

有人戴着口罩从他们身边的过道向门口走去，大概是准备下车的人。"雾霾都到这里了？"女人惊讶地说，"以前我们要在最冷的时候才戴这个，现在夏天还没过去，看起来挺奇怪的。"

想象一下摘下口罩的面庞，有点儿像冬天从户外走进屋子时那种湿漉漉的感觉。男孩盯着那个人的背影，问："他是医生吗？"他不明白，一个医生怎么会出现在火车上。女人的眼光有些忧虑，她没说什么，又接着谈起了葡萄。

"你知道怎么让葡萄长得更好吗?"

他只记得葡萄的藤蔓,还有果实刚刚结出时那些不透明的浅绿色,至于需要什么养分,他从来也没有关注过。

"你不会猜到的,不是肥料,我说了你可能不会相信的,没种过葡萄的人都不会相信。"女人说。"我家里养了几只鸡,还有鸭子。我有时候在土里发现蚯蚓,就会捉回来喂鸡。那两只鸭子是我从同学家里要来的,黄色绒毛上浮着一点儿黑色。有一天下了暴雨,门前的几棵树下的洼地积了很多水,成了一个真正的池塘。我把鸭子赶到水里,它们在水里游起来。从它们来到我家里起,它们都是跟鸡一起住在鸡栏里,从来没有享受过游泳的待遇。我看得出它们很高兴,那种悠闲的姿势还有叫声都表达了这种心情。

"鸡窝是我爸垒的,我们从工地捡来一些废掉的砖头,然后把石灰和黄土掺和起来,这些打下手的事我爸从来不干,等我们费劲巴拉地准备好了,我爸扔掉烟头,开始砌起来。他当过瓦匠,手艺好着呢,也不知道他从哪儿看来的样式,他最后垒出了一个宫殿,你想这鸡窝有多好看。不少人来参观,结果我家母鸡好几天下不出蛋来,我妈很生气,她说把鸡窝盖这么好看有什么用呢,我爸把力气使错了地方。不过,我们还是挺高兴的,为我爸骄傲,也为我们帮他和过泥、递过砖骄傲。说是鸡窝,鸭子和鸡是放在一起养的。鸡鸭的粪便起出来给葡萄施肥,可那葡萄藤长得不怎么茂盛,连续几年都没结出葡萄来。

"那天我回家发现少了一只鸭子,他们偷偷宰杀了它。我哭了很长时间,我爸对我说我们很长时间没吃过肉,挑来挑去,只有这只公鸭可以选择。不过,他说它不是真的死了,它会化身成其他东西再次出现的。他指给我看,他们已经把那些内脏和骨头埋在葡萄架下。他说:'你看吧,它会告诉你它没有死。'"

"我偶然发现葡萄叶里有一簇簇小米粒似的东西,那是葡萄开的花。秋天来到的时候,我们的葡萄熟了,颜色酽紫,表面那层白霜也很诱人。他们坐在葡萄架下吃葡萄,人人赞不绝口。我忍住不吃,心里有点儿难过。觉得他们是在吃那只鸭子,我没法儿忘记它扑棱翅膀的惬意姿态。我以为把鸭子的内脏埋在葡萄藤下只不过是我爸不想浪费掉这些东西,在他眼里什么都是有用的。我家后院堆了很多东西,都是他没事儿溜达的时候捡回来的，只要有空闲，他就站在院子里，一边抽烟，一边琢磨着拿这些东西做点儿啥。他是瓦匠，可电焊、木工他都会。他的确做了不少东西，包括我们的玩具。我家院子里还有秋千和跷跷板，看上去就像个游乐园，你信吗？那时我还不知道，我们那里有种说法，葡萄是要用肉和血来喂养的，没错儿，这是千真万确的。后来，我想起我爸对我说过它并没死，但是我怎么知道这是真的呢？我把一粒葡萄放到嘴里，真是太甜了，还有一股浓香。它就是这样告诉我变成了葡萄，它还活着。"

女人不再说话了，男孩继续缠着她要葡萄吃。他想起他的那只鹦鹉，被猫扑住，等他赶走猫捧起它时，已经没法儿再救活它了。他把鹦鹉埋在葡萄架下，那年的葡萄的确稍甜一些，他记得好像是这样的。

（2013年）

生活演习

家里安静了，一到七点钟，这种安静就会到来，云的阴影落在窗玻璃上，极其缓慢地移动，浅灰和玫瑰金色。吴双是通过光线和感觉来判断时间的，有时候她停下手里的事情问女儿："五点了吧？"女儿看看表说："不多不少，五点整。"她很少去看时钟，挂钟正对着厨房门，方便她随时注意煮饭需要的时间，而她最不缺少的就是时间。

她慢慢洗涤碗碟，一件件地放到沥水架上。白瓷餐具闪着亮光，干净又柔和。还没辞职那会儿，她讨厌的事情当中就包括洗碗。乘坐长距离的公共汽车赶回家，买菜、做饭之后她已经没有什么食欲了，洗碗这件事仿佛不是在终结一顿晚餐，而是在延续白天实验室一道道的工作程序。长期在实验室里，她出现了严重的过敏反应，皮肤和呼吸道都受到损害，只能放弃质检员的工作。碗碟在她的时间里，每天被近乎机械性地使用，洁净是一个完结，又是下一个开端。

处理这些事情也就二十分钟，之后她拖着轻便的购物车下楼。楼前的空地聚集了一些年长的人，压腿、舞剑，还有人跟随放在地上的便携CD机做养生操。吴双从来不去，早晨是没有时间去，傍晚聚拢来的人群都在跳舞，什么蒙古舞、藏族舞、扇子舞、五十六个民族舞蹈的大杂烩，连吴双这个肢体动作笨拙的人都不好意思加入，那些舞蹈太难看了，像复活的僵尸在乱舞。她从小动作就不协调，除了学校操场上的广播体操之外，她不会给自己任何露怯的机会。做操也是她勉强应付的事儿，她总是先左顾右盼一会儿，起初动作幅度很小，如同机器没有加够润滑油，僵硬、别扭，直到周围的人又跳又蹦，她才稍微用些气力。但是，就是这种乏味的课间操，也会有人做得极其优美。她前面那个女生就是这样，她简直要把例行公事上升到艺术的高度了。有一节体操的结束动作停在左膝微屈，左手上扬的姿态上，女生的手像一只随风而起的鸽子，她的眼睛望向指端，充满期待，甚至饱含深情。吴双不敢多看，她转向左侧，那个男生肢体僵硬难看，可是他特别卖力，不把每个动作做到极致不肯罢休，这让吴双把更多的注意力放到右边。这也是一个男生，一副懒沓沓应付差事的样子，这一下她找到了同伙，找到了应付的理由。校园里有一种奇特的观念，与不努力相比，缺少天赋更容易遭受鄙视。那时候他们个个都在比谁更聪明，所以如何掩饰自己天生的不足就是必然的事情了。

拖着购物车经过圆形广场，那里是跳舞的场地。她的邻居正在队列里模仿前面那人的各种动作，可总是慢上一拍，手忙脚乱的。邻居比她大几岁，身材壮实，人们都叫她老王，包括她自己的丈夫。她不太在乎，据她说上中学的时候人人都叫她老王了。平时只要相遇，老王就会动员她去跳广场舞。吴双总把广场舞看作是老年运动，其实那支队伍里还是有年轻面孔的，而且还有男的，最近领舞的就是一个中年男人，跳得不错。可她还是不敢加入，她再也不想让自己看上去像个只有关节能动弹的僵尸了。

露天菜市场每天早晨开放，除了一些固定摊主，也有不少近郊农民开着电动三轮车来卖自产的蔬菜和粮食。那些瓜果挂着露珠，太阳还没有升高，空气里水汽浮动，什么都是鲜亮的。接近中午时分，蔬菜叶子就有点儿发蔫，卖菜的人拿出喷壶使劲喷水，湿漉漉的补给并不能完全挽救局面，临近收摊时，很多蔬菜被以便宜的价格卖给饭店。吴双赶在蔬菜足够新鲜的时候来买，沾满露水的蔬菜让一整天都是新鲜的。如果买到的蔬菜不那么鲜嫩，她这一天的开端就蒙上了雾茫茫的灰色。

"这都能影响你的心情，"丈夫说，"我们晚饭在饭店吃，那些菜差不多是你们挑拣剩下的吧？我看你吃的时候从来没关心过这事。"

这倒是事实，不过这类别扭的小事如同微尘一般时时刻刻飘浮在周围。她让自己忙碌起来，不管做些什么，只要不停地运转，灰尘就被排斥在外。可忙碌也是一只搅拌机，空气中的砂粒还是会被旋转的惯性带进来，搅入她的体内，时不时地硌一下她的神经。

正在挑拣黄瓜，有人捅了捅她的腰，是老王。"昨天夜里有感觉没有，房子摇晃？"老王问。

吴双停下手看着老王，没反应过来。她昨天睡得晚却很沉，直到天亮才醒，根本没觉察到晃动。

"我看新闻了，说是地震，5级。"老王说，"我正要上厕所，人就往墙边斜，我还以为自己血压升高，在犯迷糊。"

"5级不算严重,会不会再震一次呢?"吴双从没经历过地震,压根想不到会发生这种事。

"这谁能说得准,地震局也说不准,遇到地震也只能听天由命了。"老王也有点儿担忧。

以前的地震报道她都看过,日本、四川和台湾的,每次看到那些惨象,她就觉得压抑。回到家她打开电视,棚户区和一些违章建筑都有部分倒塌。丈夫下班回来,见她一会儿跑到厨房去看炉灶上在烧的菜,一会儿又到客厅的电视机前神情紧张地注视救援进展。消防员从废墟里扒出伤者,抬到担架上。这个地方她去过,那里是一片洼地,几年前就被划作动迁地块,老房子拆了,却一直撂荒,里面杂草丛生,收废品的占了一半,另一半变成了临时集市。吴双自言自语:"这么小的地震还能砸伤人,还有什么地方是安全的。"

丈夫说:"没那么严重,新闻里说是偶发的。"

吃过晚饭她没有去看家庭肥皂剧,那些倒塌的房子和被粉尘、血迹弄得面目全非的伤者总是在她脑中盘旋,电视剧的剧情也被她看得支离破碎的。这种状态持续了几天,她仿佛一直被关在一个玻璃罩子里面,对周围的事物听不清,看不见。这种状况几年前也曾经出现过,一艘客轮在内海沉没,遇难者中就有她一个中学同学。那几天电视新闻频道中断了其他内容,几乎24小时追踪报道。那段时间她也是这样整天盯着电视机,内心里涌动着内疚感。这些不幸的人命悬一线,在寒彻骨髓的冰水里挣扎,而她却在暖烘烘的房间里舒服地坐着,那个时刻她觉得自己是有罪的。

经过这样几个事件后,她特别容易沉溺在伤痛之中,经常失眠,精神变得萎靡。这种具有代入感的痛苦逐渐难以自禁,直到有一天丈夫回家发现,晚饭还没做,她正在看电视,还是那些救灾场面,她泪流满面。他走过去关了电视机,说:"别看了,再这么下去你会疯的。"自那之后,她试着避开这类灾难新闻,有空就出去走走,转移一下注意力。

今天的地震又让她精神紧张起来,窒息感又抓住了她。生活比过去好得多,却让她感觉更加艰难。说不清到底是灾难比过去增加了,还是她过于敏感,每天的起伏变化让她来不及应对。她知道这个城市离地震带不远,强震的余波会传导到这里,如果发生海啸,后果更严重一些。今天的5级也可能是强震的前奏,到底会怎么样，谁都无法预料。她看过小孩搭积木，抽掉下面的一块，如果上面积木的落入点恰好能与周围的积木组成新的稳固结构，堆叠的积木都是结实的。假如相反，只要轻轻推一下，积木就会轰然倒下。地球是不是也像积木，震动的碎片没能重新形成新的稳定性，就会继续塌落下去。地表下面炽热的岩浆滚滚流过，地壳裂开的碎片陆续掉进里面，随后，更大的裂缝出现，大面积坍塌，巨震从地球内核迅速传向地面，房屋瞬间成片倒塌，脆弱得如同那些积木。恐惧感突然升起，她觉得浑身冰凉。

她没去早市，搬了把椅子站上去，到储藏柜里寻找东西。翻了很久找出女儿小学时候的双肩背书包，粉红色，上面的米老鼠与唐老鸭在互相追逐。家里没有其他背包，只能将就了。她坐在餐桌前，在本子上仔细列出救生物品，包括矿泉水、包扎绷带、纸巾、手电筒、应急灯、手机电池、压缩饼干，还需要一把锤子，被困住的时候用来清理障碍。一只哨子，体育老师用的那种，可以持续不断地发呼救信号。一条绒毯，取暖和保存热能。她在网上一一订购，几天里就集齐了这些急救物品。现在，最关键的环节是实地操练。她可以想象怎裹着绒毯吹起哨子求救，但是比被围困更重要的是如何逃离灾难现场，哪怕只有一秒钟也能避免危险。她参加过演习，是火灾模拟。警铃大作时用湿毛巾捂住口鼻，低身或匍匐朝安全出口移动。那时她还年轻，不太把这类活动当回事儿，明明没着火，却要一本正经地假装逃离火灾，挺可笑的。这时候她忍住笑声，像当初在操场上应付课间操那样，跟在人群后面慢吞吞地从楼里走到外面的空地上。

急救包准备好了，趁楼里大部分人去上班的时候，她开始了演练。电梯是不能用的，只能走楼梯。以往她没太在意"安全通道"那个牌子，黑底白字，字体闪着绿光。自从搬过来后她就没走过楼梯，走完十二层要多久她不清楚，重要的是以最快速度从楼里跑出去需要多久，她心里没有底。背上急救包，设定好手机的计时器，在计时启动的瞬间，她快速冲出屋子奔向楼梯。一层又一层，她根本没有时间去看，只是尽了最大努力向下冲去，心跳越来越剧烈，那种窒息感又冒了出来，十几级阶梯，转过来，又是十几级，她只是在跑，所有的阶梯混成一片，她只觉得自己在旋转，越转越快，随时都会飞起来，终于看见了楼门。此刻，她已经透不过气来，俯下身双手撑在膝盖上，不让身体瘫倒。汗浸湿了衣服，背包滑到脖子上，巨大的气团在身体里面鼓胀，马上就要爆裂。她赢得了逃生的机会，她赢了。大门这时候被推开，老王拎着布袋走进来，她惊讶地看着身背双肩包喘息不已的吴双，问："出了什么事？"

(2015年)

倒 春 寒

一出门她就知道自己想错了,实际上是压根儿没想。她还延续着昨天的惯性,只穿了一件薄外套。一阵风吹过,她禁不住哆嗦起来,再返回去换衣服已经来不及了,早晨几分钟之差也会让她陷入拥挤的人群。她只能紧抱双臂,加快脚步跑进地铁站。

她很少旅行,却酷似随时准备出发的旅行者,每天关心天气状况,适时增减衣服,背着一堆东西出去,再背着返回。一天之中出门工作十个小时,却像是离开这个城市出发,到很远的地方去。

在准备早饭的时候,她打开电视,不是看,而是听。电视机的音量足够从客厅传到厨房,一般都是新闻节目,一男一女两个主持人轮番播报当天的事件,她把这些声音当成早晨的背景音,那些报道支离破碎地进入耳膜，又很快流失掉了。当他们重复说出"这里是早间新闻"时，预示着天气预报即将开始。播报员发出的是女声，她从来没去看看她长什么样子，注意力都放在会不会下雨这件事上。

事实上，她听不听也不大要紧，手提包里常年放着一把三折伞，那是她能找到的最轻便的雨伞，不下雨的时候也搁在包里，以备不时之需。有时候天气预报也不准，但是跟过去相比，已经有了百分之七八十的准确率。偶尔她走到窗前，看看路上有没有行人在打伞。这是个没有效率的动作，天色还暗，几乎看不到有人走过。

打开电视是苏醒的标志，无论是对她，还是她住的屋子、空气、花草。她的耳朵捕捉着"雨"这个字，"大"的发音高亢，迅速传导到"雨"上，余音停留在她的耳朵里。接下来气温播报从她的听觉中一点点地滑脱了，她常常没听清到底多少度。

在一个季节里，气温变化幅度并不大。只不过这两天有点儿反常，犹如冬天和夏天在快速切换，黑龙江下雪，北京下雪，纽约也在下雪。新闻里说全球股市同时上涨，现在连全球气候都趋同了。

昨天她穿了一件薄呢大衣，从地铁站走出来就感觉到这是一个错误的决定，热气在大衣里面膨胀，她只好脱下来，身上穿着毛衣，而旁边已经有人身穿短袖衬衫匆忙走过。这真是些有先见之明的人，她感叹，可她并没去想这些人是不是提前看了天气预报。

车厢里有几个像她这样身着轻薄衣衫的人，混杂在毛衣、外套，还有羽绒服中间。仿佛一夜之间地球漏了一个洞，他们从热带掉落到北极，从春季退行到冬天。在臃肿的人群中间显得格格不入，他们下意识的抱臂动作有些滑稽，不像是感到寒冷，倒是有一种提防被人扒光衣服的警觉。

很快他们就满不在乎了。衣着少了点儿，这个念头在脑中浅淡划过后就没了踪迹，二八月乱穿衣，在反复无常的春天这没什么可奇怪的。他们的眼睛很快盯在手机上，车厢里大部分人都是这样，那个小屏幕把他们吸纳进去，有多少个人就有多少个世界，这些长方形的世界平行排列，占据了每一寸空间，正在独自缓慢地旋转。

她没有看。盯着那个小小的屏幕，她感到头晕。不光是手机，任何带有文字和视频的东西她都不看。她站在靠近车门的地方向门外望着，那儿黑黢黢的看不清任何东西，玻璃上的反光让人觉得车厢外面聚集着很多人，直到目光落在某个面庞上，她才醒悟过来这是她身后的人，刚才是错觉。天天如此，就习惯性地进入幻觉状态，她有意不去提醒自己这一点，比起黑暗的地铁隧道，她更愿意相信反射在玻璃上的人影不在车厢里，而是跟她面对面。然后，她就看到了那个人。

怎么说呢，很难描述这个人，街上有无数这样的人，身着深蓝色西装，暗色领带，白衬衫。但是，她还是能够很快认出他来，他跟别人最明显的区别是脸上的笑容。他在笑，但他的眼睛不看向任何人，而是越过那些人的头顶朝向远处，仿佛在那个遥远的地方还有一群人，他在用笑容问候他们。与身边那些面无表情的人相比，他的笑容非常显眼。

她很容易把行为变成习惯，有的习惯行为还特别精确。上班这件事就是这样，早晨在固定时间出门，乘地铁，时间误差不过几秒钟。她就是这样遇见那个人的。不是隔三差五的相遇，而是几乎每天，差不多有两年了。只要不出差，就能遇见他，更奇怪的是，她走到站台等待上车，眼睛向四周望了望，他站在相隔几步的地方。通常情况下他手里没有报纸或书籍，也不像四周的人那样盯着手机。他的眼睛平视前方，哪怕那是一堵墙，也保持这种遥望的姿态，让人觉得他的视力能够穿透眼前的任何物体，像一只钩子那样牢牢抓住别人看不到的东西。

偶尔她比平时晚到了一两分钟，跑进车厢，转向车门，在车门即将关闭的时候抬眼一望，这个微笑的人就在眼前，在反光的玻璃里。实在是不可思议，怎么解释这种事情呢？她当然不认为他是有意为之，他们的眼光从未有过片刻的接触，对于相遇这件事，她当作是巧合，之后就把这个念头完全忘掉了，对方也是如此吧，从情理上讲是的。

事后，她还是把这件过于凑巧的事情反复想了一下，确定判断并没有差错。从检票口乘扶梯下到等车的位置，一般人都懒得多走几步，宁可挤在最近的地方，她经常躲开大队人马，一直走到头，也就是驾驶室后面的第一道门。那个人大概也是这样。如果他不是面带笑意，她会为这样的巧遇感到恐惧。可仔细想想，这种连搭讪都没有的偶遇对她又有什么妨碍呢？

在乘坐的地铁上，她从没有见过司机。有一天，地铁发生电力故障停在黑暗的隧道里，一个男声在车厢里回响，那声音是通过广播传出来的，呆板、冷静，乘客不安的情绪逐渐平稳下来。嗡嗡的声音充满车厢，有人在自言自语，还有的打电话，素不相识的人也开始了交谈。那时候她没参与抱怨，也没打电话，却想起了小时候乘坐的有轨电车。司机的座位分设在电车的前后两端。每次到达终点站，女司机就会匆忙地从一端跑向另一端。为什么都是女司机，这是她始终没有想明白的。她们大约三四十岁，胳膊上戴着碎花套袖，手握黄铜操作杆，眼睛紧盯着前方的轨道。小孩子都喜欢没有封闭的司机座，如果在后门上车，他们就去抢反向的司机座位。电车倒退着前进，两条铁轨仿佛是电车吐出来的，越拉越长，缓慢掉落在覆盖着青色石子和零星杂草的路基上，让人产生面向过去时那种清冷寂静的感觉。

微笑男子的影子倒映在车门玻璃上，他的脸有些模糊，隔着挤在门口的几个人，看不清他是否面带笑容，但她还是会自动联想到那种笑意。他们没有说过话，即使每天准时相遇，也只是脸熟而已。他们却互为钟表，提示着确定的时刻。

车门再次打开，一大群人涌了进来，她的一个同事混在里面。他正四处张望，打算找到一个合适的位置，这时看到了她，就顺着人潮走到她身边。他的额头和鼻尖都在冒汗，天气再冷，挤在人堆里也都免不了出汗，这让衣衫单薄的他不再感到不自在。

"一下子就降了十度，太奇怪了，异象。"他的眼镜镜片被热气蒙上一层白雾，看上去丝毫不像冷的样子，这就使他显得特别滑稽。她发觉了一个现象，周围人的闲聊大多从天气切入，英国人见面大多这样，当初英语课讲到这个文化背景的时候，他们都觉得无聊，现在轮到他们也变得无聊了。

"好像每年都会跟其他时候有点儿不一样的地方，如果有意识去找，那就年年异象了。"她说，本来她想告诉他，去年有两天也是这样的。那天正好是三八妇女节，她约了一个朋友逛街，在地铁站台等待时，看到温度提示牌上写着：三十五度。三月份就到了这个温度闻所未闻，她顺手记在手机备忘录里。人总是关注眼下，忘记过去某些不重要的事,并且否认那些事发生过。明年他们也会忘记这个时刻吧?

涌进来涌出去的人群打断了他们的谈话,人流迫使他们变换和调整位置,谈话也就只能停在话题的表面无法进行下去了。不只是在地铁上,也不只是谈话,很多事情都是快速和支离破碎的,虽然看上去这些事情跳动不已,充满活力,可是下面潜藏着一个个松软的空洞,如果有一只不知情的脚踏上去,这些看上去完整一贯的事情却随时会有坍塌下去的可能。

上周末,离开公司的时候接近晚上八点了,楼里空旷寂静,电梯升降的嘶嘶声传到走道,电梯门开了,里面站着一个姑娘,面无表情,泪水溢出眼眶流过面颊,看见面前有人,她露出意外的表情,想去擦泪,可又把手放下,任由泪水流着。她走到姑娘身后,这样他们都不会感觉尴尬。电梯向下降落,她看着红色指示灯,尽量避开印在门上的姑娘的身影。她也有过在陌生人面前毫无顾忌流泪的时候,穿行在人群里,仿佛走在沙漠里,没有人,没有景物,也没有走出去的念头,只有本能引领着她一直走下去。但是,那件事却模糊了,她再记不起细节。她是不会再这样了,这姑娘早晚有一天也会像她一样的。

有时候从闸口走出来,她并不着急赶回家。最近地铁站里放了五六台抓娃娃机,一个里面整齐排列着绒毛兔子,另一个里面都是龙猫。她最喜欢那个像动物园的,里面什么都有,包括长颈鹿和蜘蛛,很难抓到,但是够刺激。一整天她忙得头脑发涨,最好回家倒头就睡,可是她刚刚进门就清醒了,她需要加劲折腾一会儿,方能睡个安稳觉。起初她什么都抓不到,本来长颈鹿的脖子死死夹住了,可不知道怎么回事儿,升到半空就突然掉了下来。长颈鹿的头栽在一堆动物的屁股下面,完全起不来。可练了几次,她紧握操纵杆的手能很好地感知力度,终于抓到一只泰迪熊。她把这些东西拿到公司里奖励姑娘们,结果她们都跑去凑热闹,办公桌上的毛绒动物一天天多起来。

同事戴着一副玳瑁方框眼镜,留着奇怪的长鬓角,这让他的方脸盘更加方正,她觉得自己正对着一个盒子说话。然而,他们谁都没有再说话,很快就到站了。站台上站满了人,她向外走的时候特别担心这些挤进来的人把她堵住,她被挤到一个角落里无法动弹,眼巴巴地看着同事离开,她挣扎着从缝隙里钻出,只差几秒车门就会关闭,她也将被带到下一站。好在,这种情况没有发生,人群呈现对流的状态,她跟随人群走出去,登上陡峭的扶梯,刷卡出站,再找准出口,一次短暂的地下旅行就结束了。

那个微笑的人走在他们右边,这是离得最近的一次,她这才意识到,那人嘴角微微上翘,到底是不是一直在微笑,她却有点儿不确定了。那是笑着的嘴角,可眼睛里什么都没有,没有温度,没有笑意,在她看来,这不能算是在笑。同事在催促她,得赶在一辆汽车驶近前快速穿过马路。明天她跟这个微笑的人还会再次相遇,到那时再好好观察一下,她这样想。

(2016年)

故　事

　　我来讲一个故事，这是件真实的事儿。那天我刚从小区出来，走到通向大道的那条主路上，有个老太太跟过来和我并肩走着。她头发花白，脸却并不显得有多老。那是上午十点多钟，路上看不见几个人，有这么一个陌生人跟你走得这么近，相同的步调，努力追赶你的速度，这怎么说都让人觉得不自在。假如就这样一言不发地一块儿走下去，我会逐渐甩掉她的。

　　这时候她说话了，她没说"天气真热"这样的话。换作是我会这么搭讪的，跟一个你一无所知的人又能谈什么呢？她开口说的话有点儿突兀，但是黏性十足。她说："你笑起来真好，我看着就高兴。"我在笑吗？可我根本没意识到我笑了，但对此我也不那么确定，有时候抬头看看天，我也可能笑一下，这又怎么样呢，有人会这样无意识地笑,还有人旁若无人地自言自语。我不知道她什么时候捕捉到了我的笑容,对她来说,那是一个发射器,她捕捉到之后,就快速靠拢过来。我也只能再次用笑容回答她。她说起菜价,说起昨天小区停水等等,就这么走着,我和她走到了公共汽车站。我站住等车,想借机甩开她。她也停了下来,开始说起她自己。

"我是小学老师,过去是,现在退休了,住在我小儿子家。"她带有明显的东北口音,具体是哪里我说不准。"我两个儿子都从老家出来工作,老伴去世以后,我也没有自己的家了。"她表情平静,看不出有多么失落。

等了十几分钟,公交车还是没来。从昨天开始有点不太对劲儿,那些常规的事儿都开始脱轨,比如说她提到的小区停水的事,从我搬过来就没遇到过。还有家里电话响个不停,实际上也不是接连不断地响,可是一天响个七八次,每次接听都是忙音,这也够烦的了。

这是七八个陌生电话,是同一个人打来的,那是个女人,我猜想她年纪挺大。当我告诉她打错了的时候,她"哦"了一声,挂断电话。我放下听筒,她又打过来,说她不可能打错,又问我是不是认识她找的那个人，我说不认识，她确实是打错了。她还继续打过来，问我这个人是不是搬走了。拜托，电话号码会随人迁移的。最后一个电话，她说如果那个人回来，让我转告他回个电话给她，还让我记下她的号码。没办法，我假装记下来，担心不这样应付她会没完没了。这个电话终于到此为止。

  我不想再等下去，尽管太阳很毒，可我要去的地方不过一站路，不怎么费力气就能走到。我向前走去，老太太追过来说："我孙子可好玩儿了，你要看看照片吗？"她把钱夹递过来，那是一个一周岁左右的小男孩，胖得连眼睛都睁不开。"看在我孙子的面上，我才住在这儿的，他跟我儿子小时候的模样一点儿不差，连指甲都长得一样。"就这样，我们又迈着相同的步伐，一起上路了。

  这条路虽然不长，可是要经过一段涵洞桥面，那上面根本没有人行道，行人只能尽量靠近栏杆行走，车辆经过时带起的疾风能把人卷跑。行人不得不并成一行，小心地走过这段路。老太太走在我后面，她又说了什么我完全听不清楚，只知道她一直在说。走出桥面，前面的路宽阔了一些,她又走到我身旁,我听到了一个词"陷阱",我以为她在提醒前面有塌陷的地方,其实不是。她接下来解释说:"这是一个陷阱,是我儿媳妇下的套,他们才结婚的。我儿子太心软,就答应了她,一想起这个,我心里就不舒服。"

"他们是奉子成婚吧?"我问。

"是呀,这可真卑鄙。"她动了气。

"如果他们不结婚,你会有这么好玩儿的孙子吗?"

"我才不管呢,我讨厌欺骗,你能忍受整天跟骗子一起生活吗?要不是儿子求我,我是不会住在这里的。"我倒想看看这个儿媳妇的照片,想知道她长什么样。

我停在商店门口,告诉她:"我到了,你也是来买东西的吗?"

"不,不是,我是到药房买药的。"她说。药房在小区附近,她却跟着我走了一站路。我们挥手道别,她反身沿着来路往回走去。

事情就是这样,你认为这不算故事?对,这是我经历的事儿,完全真实,真事就不算故事?在我看来这挺有意思的，你不觉得吗？我也想猜测这老太太跟着我的动机，不过猜不猜得出又有什么关系呢？像这种奇人怪事我经历了不少，有时候我都怀疑自己身体里自带磁铁，一出门就吸住一堆废铜烂铁，然后叮叮当当地响一路。

好吧，我再给你说个事儿，既然你不认为这是故事，那就当作闲聊。"有一天……"好像这么说也不太合适，那是故事惯常的开头，现在我都不知道怎么讲才好，我也不知道为什么这些事儿对你来说不值一提，在我看来还是挺有趣的。好吧，我承认我不但关注这些无聊的事儿，还喜欢讲给人听。我试着在人多的场合说到这些话题，但是没人有兴趣听，我是从他们游移的目光里看出来的，这也经常使我聊天的内容跟现场的气氛显得特别游离。这么看来我倒是像那个老太太，渴望把一些事情讲给人听。其实也谈不上渴望，我就觉得用这种方式聊天才舒服，不过，我不会讲她那种阴谋论的。你不觉得她的说法只是表面上看像是个故事，可沿着她提供的线索挖下去，挖到底也不过是个洞，里面什么都没有。但是想到被杂草树枝盖住的陷阱，那个姑娘正藏身密林等待她的猎物跌落下去，这场景还是挺逗的。

好吧，该你讲点儿什么了，你不讲？我们坐在这儿，不如说困在这儿，救援车还没到，幸亏我们很镇定。说实话，大喊大叫有什么用，不如老老实实地等待。最近我遇到的奇怪事情真是太多了，看上去平静的，可能完全不是那样。

你看见刚刚飞过的那只蛾子了吗？它飞得太快，等你觉察到有什么飞过去的时候，面前除了以前的景物，别的都看不到了。在山谷里，一只飞鸟都很难被人注意到，何况小小的蛾子呢。在屋子里就不一样了，一只蛾子飞过的时候，虽然悄无声息，你却还是能够注意到它的飞行轨迹。它来来回回地飞舞，想要找到一个舒适的地方，这样不免穿过你的领空，穿过你居所的所有地方。一般情况下你会怎么做？我会跳跃起来拍打，除非你选择容忍和忽略，否则没有别的办法制止这种侵略行为。

也不知道蛾子是胆子大还是反应迟钝，它就那样不紧不慢的，好几次从斜射进窗子的光线中穿过，翅翼上的荧粉散落下来，跟浮尘、细小的纤维和水汽混合在一起，让人担心那些粉末正在随处播撒在家具和地板上，吸进鼻孔和心肺里，掉落到米饭和面包上，想想可真是有点儿恶心。

  我家的蛾子来自米袋,我打开袋子,蛾子从里面接二连三地飞出来。大米是1.5公斤包装的那种,之前吃过两三次,用一只塑料密封夹扎紧后就没再打开。虽说在这个密闭的袋子里出生,这些蛾子却无师自通,既没有争着抢着跑出来,出来之后也不像苍蝇那样不辨方向地乱飞,它们按照先后顺序飞出来,东西南北各自盘旋,不停地盘旋,我觉得有一阵儿它们在空中停住,那阵势看上去如同环绕在隐形宫殿的周围,随时听候来自里面的指令以确定下一步的飞行方向。最后它们累了,在墙上、天花板上停下来,扇动翅膀慢慢将它们收拢,就像伞兵在收束各自的降落伞,然后,在预定的降落地点潜伏下来。

  事情还没完。米袋里面都是爬动的白虫,它们还没来得及长出翅膀,我不得不优先处理掉它们,这样做就不能同时寻找和追打那些蛾子,天兵天将们暂时安全了。我把装着大米和虫子的竹箕放在窗台上,下过雨之后阳光特别强烈,我听人说过光照会除掉这些虫子,还有那些正在缓慢生长的虫卵。我儿子凑上来看那些米堆里的虫子,"恶心,"他说,"这么比起来,蛾子还好看点儿。"

"有件蛾子的事儿。"他咧嘴笑着,门牙没了,我刚从学校接他回来。一星期前也是在学校门前,目送大巴载着他们去郊区的学农基地,马路两旁都是送行的家长,孩子们的背包里塞满东西,那情景如同送别出征的童子军。

"我们八个人一个房间,我被分到上铺,可我上不去。"他说。

"后来呢?"打电话的时候,他没提这事。

"四个人抬我,还一二三地喊号子,怎么也上不去,他们都太矮了。后来小辉把下铺让给了我。再后来,一只蛾子飞进来,满屋子转圈儿,小辉喊蛾蛾蛾,吓得到处乱钻。他以为蛾子咬人,其他几个家伙也跟着乱跑,也不知道他们是无知呢还是跟着起哄。我们跑累了,反倒睡得挺香。半夜的时候,小辉推我说:'胖子哥,陪我上厕所吧。'他被蛾子吓破了胆,厕所在院子里,他还害怕可能有蛇、老鼠,所有他能想到的有毛没毛的活物。"

这一胖一瘦走在黑夜里,上完厕所他们拔腿快跑。

一进宿舍他们就拿被子蒙住脑袋，但小孩子忘性大，很快他们就睡着了。一大早又是小辉在叫，七八个人围拢过来，他举着胳膊，上面有一个红肿的鼓包。不知道是气愤还是沮丧，他大声喊道："我被——蛾子——咬了！"其他人笑得厉害，全都举起胳膊或是抬起腿："我们都被蛾子——咬了！"

晒死的虫子只是一部分，还有不少变成蛾子，屋子里的蛾子越来越多，有时候天花板上能看到一片，我打开窗户，站在椅子上用扫帚驱赶，但是没什么用。晚上打开台灯，蛾子围着灯光开始旋转，它们转着转着，就有几只撞到灯泡后掉下来。过了几天蛾子见少，它们的寿命到期了。那些米，我没胆量吃，全都倒进袋子扔到垃圾箱里。可以想象得出，过几天垃圾箱里又将呈现一派热闹景象，蛾子源源不断地从绿色垃圾箱内缓缓升起，旋转着汇聚到路灯下，继续它们的虫之舞。

我遇到过的最大蛾子身体像一只小型蝴蝶，当然要丑多了。它围绕吸顶灯旋转的声音听上去就是一个小型马达在高速运转，不知道它是什么时候又是从哪里飞进来的。它这样转了一会儿，我再抬头看的时候，它却不见了。第二天早晨我拿起漱口杯，发现它就在里面，没有声息，像是死了。杯子是空的，它为什么不飞出来，却像是一副被淹死的模样，这是个猜不出的谜。我使劲儿倾倒杯子，死蛾被甩到水槽的下水口，似乎是掉了进去。

夏天最需要当心的是蚊子。苍蝇已经很难见到，特别是在高楼上。苍蝇的食物在阴暗腐败的环境里随处可寻，它们犯不着花费气力飞到高处。相比之下，蚊子要轻盈得多，它们可以逐个楼层寻找食物，这也是你无法防备它们的原因。可对于一只无害的蛾子，无论体型大小，都可以无视，除非它的小马达嗡嗡嗡嗡地让你心烦。这只适可而止结束自己生命的大蛾子，很快就被我忘掉了，我正忙着修理损坏的纱窗以抵挡蚊子没完没了的袭击。

我打开水龙头正要洗去手指在窗纱上沾到的灰尘，那只深褐色的大蛾子突然越过水流腾空而起。它没死，被冷水一激苏醒了，它没有迟疑，也没盘旋，飞快地逃出浴室，很快又不知去向了。傍晚的时候，我家的狗看起来有点儿癫狂，它在阳台不停跳跃，前突后退，挥动爪子剧烈地拍打地面，还发出充满威胁意味的低吼。早晨我带它出去散步的时候，它在树下偷吃过什么东西，我担心可能出现了中毒症状，赶紧跑了过去。狗移开爪子，那只大蛾子正仰面朝天，身体变得佝偻和僵硬。是它大限终于到了，还是因为被狗当作玩物而丢了性命，我都不知道。不管这算不算故事，我还是想给它起个题目，对，就叫《终结者》吧，这些天乱糟糟的怪事该在这儿中断了。那个亮着灯的车会不会是来救我们？哦，开过去了。漫长的等待，你不说点儿什么吗？

(2016年)

台　风

刚在冰箱里储备了足够的食物，台风却突然溜掉了。

电视记者站在只有微小波浪的海边，表情尴尬。这是预报中的风暴中心，没有了狂风巨浪，也就没了报道必要的背景，他显得有点儿滑稽。一切都跟预想的太不一样了，记者回头看了看海的深处，说道："看来台风行踪诡秘，已经绕过这里向西北方向挺进。"

这个地方陈中去过，他仔细辨别电视屏幕上远山的轮廓，可以确定。上个月他们开车到了海边，本想下水游一阵儿，一个住在岸边的人告诉他，还是不下水的好。"今天早上水边都是死鱼，差不多有几千条。可能是昨天夜里死的吧，现在还有腥臭味儿。"

空气的气味不太好闻，一个身穿胶皮工作服的渔民正在清理残余的死鱼。活儿干得差不多了,偶尔有几条还浮在水面,白色的肚皮在阳光下闪着死亡的光。

他用树枝拨拉沙滩上的死鱼,发现那是一条淡水鱼。

"最近总有人过来放生,说是可以保佑家人平安。可是把淡水鱼放到海里,这叫什么放生?"那个人摇了摇脑袋。

从电视记者的肩头望过去,靠近岸边的几幢楼房,窗户都被胶合板遮住了。住在里面的人此刻已经备好粮草,坐在家中,随时恭候飓风暴雨的袭击。现在,那个在想象中日渐鼓胀的气球,突然瘪了。到底是什么戳破的,原因难以知晓,或者就像那记者说的,行踪诡秘。

父亲坐在轮椅上向他做着手势。中风让他左侧身体无法动弹,他们慢慢熟识了他自创手势的含义,再复杂一些的话他们就写在纸上,父亲点头或摇头来回应。屋子里很静,空调机微弱的嗡鸣声回响着。他朝父亲走去,蹲下身子想听清楚他在说什么,含混的字音实在无从辨别。父亲指着鱼缸的方向,那只瓷缸里从前养了几只锦鲤,都已经死掉了。年初有亲戚来探望父亲,送了一只甲鱼过来。甲鱼装在一个塑料方盒里,看上去也变成了长方体。当刀伸向甲鱼时,他的手有点儿抖,更让他想不到的是,甲鱼突然死死地咬住刀刃,血顺着它的嘴流到水槽里。

宰杀这事就这么被搁置下来。甲鱼暂时放在鱼缸养着,母亲每天早起都会嘟囔一遍:"过几天就杀掉炖汤。"

"养得肥点儿吃掉才大补。"他开着玩笑,为自己的胆怯找理由。

喂什么给它吃却成了问题。他上网查过,弄来些甲鱼爱吃的东西,鲜肉、泥鳅,可丢进去的鲜肉没被动过,无论泥鳅怎样翻滚纠结,甲鱼都像没看见似的。不知道是嘴上伤口未愈,还是在适应环境,甲鱼总是一动不动。他差点儿以为它死了,拿木棍戳它,却看见那双阴冷的小眼睛正在甲壳下面瞪着他。

他不停翻动泥鳅,以为这样可以勾起甲鱼的食欲,但是甲鱼依然不动。他知道它不会轻易死掉,但是不吃食物是为了什么?难道它知道自己必然的命运,抱定一颗赴死的心?他把泥鳅弄死,重新扔进去,还是没用。

来到鱼缸跟前,他明白了父亲的意思,该换水了。

自从各种食物都不起作用之后，他就放弃喂它，等着自然死亡那一天到来，自然可以拿它炖汤，这样他也就不必愧疚和胆怯了。可是，甲鱼还活着。时间长了，母亲也不再提宰杀的事儿，它像是被遗忘在阳台上。渐渐地，水里出现绿藻，继而蔓延到甲鱼壳上。陈中把引流管插进去，仔细清理了鱼缸，顺便刷掉甲鱼身上的绿藻。无论他怎么折腾，甲鱼都没有动静。直到把它放进干净的鱼缸，重新往里放水的时候，甲鱼突然蹦跳起来，摆出一副随时反击的姿态。

母亲抱怨："陈曦又出去了，星期天也不帮我，她那些猫狗比谁都重要。"

"她总算给那些动物找到地方了，要是还放在家里，你不是更烦？"

母亲不吱声了，他们都知道，不管怎么埋怨，陈曦都不会听的。她的固执一直让他们头疼。很小的时候，她就经常大哭，在情绪最激烈的时候不停干咳，唾沫里带血，他们以为她在咳血，其实是气管里的毛细血管破了，父母只能让步。

前几天的电视播出志愿者到高速公路上拦截运送流

浪狗货车的新闻，那个跟司机僵持的人，就是他妹妹陈曦。

换过水的甲鱼在鱼缸里活跃起来，半夜里扑腾的声音还时常会响起。它还活着，可不吃不喝的状态还能坚持多久，他也不知道，想到这个，他就有点儿担心。

天气依然闷热，这种状况还会持续两个多月。大学室友老何出差路过，约他见面。在河边的一个茶馆里，他见到了五年没见的老何。茶馆的桌椅都是有意做旧了的，天花板上架着几根暗棕色的粗大椽子，他在临河的窗子下落座。台风预报让很多人躲在家里，茶馆里也只零星几个人，服务员送来茶水后就坐在柜台后面翻看手机。他抬眼看了看那几个人，都各自埋头盯着手机屏幕。

老何走了进来，满头是汗。他当然不再是老样子，胖了，还是那么慢吞吞的。以前别人无论怎么急得乱转，他都照样动作迟缓。有人嫌他误事，也有人看他这副不焦躁的模样，会慢慢冷静下来。后来凡是社团活动可能引起争执的时候，就会把老何叫来，让气氛缓一缓，他有时候还充当仲裁，如果他也拿不定主意，大伙就掷硬币做决定。毕业的时候,他俩是宿舍最后离校的两个人,宿舍里一片狼藉,他俩躺在床上闲聊,陈中问他是怎么镇定自若的,老何很无奈地说:"我就是这副样子,想快也快不了。其实我也着急,可就是使不上劲儿。对于这德性,我早就抱着顺其自然的心态了。至于他们怎么看,我也不关心。如果用得上我,我也乐意帮忙。"

老何坐下后顺手拿过茶碟旁的湿毛巾擦着汗,他俩互相看了看都笑了起来,陈中没有老何那么胖,脸上皱纹却多了不少。

"人家都以为你们住在这种悠闲的小城市里,做着不忙的公务员,应该比我们滋润多了,不过看起来也好不到哪儿去。"老何说。

"这种天气还到台风中心出差?"接到老何的电话的时候,陈中还以为自己听错了,又问了一遍才确定是真的。

老何只笑了一下,没解释,看来这对他来说根本不算什么,何况台风基本上过去了。

小城的北面有座寺院,不大,本地来烧香拜佛的人却不少。据说最灵验的是治病和求子，观世音菩萨像前的香火袅袅不断。老何提出要到寺院拜一拜，陈中也就陪他去了。天空依然堆满厚重的云，好像随时会下一场大雨。寺院里的人比平时少了，寺院里有个不小的池塘，占了庭院一多半的面积，池水清澈，一群又一群锦鲤在里面转着圈子。还有一些硬币在池底闪闪发亮。两人慢悠悠地兜了一圈，老何在门口的商店买了一把香，点燃后插在香炉里，又跪在大殿里的佛像前拜了拜，就走出来。

"打算要孩子了？"两人聊天互相都没问家庭的事情，到这个年龄大部分人都结婚生子了，陈中除外，母亲安排了几次相亲，他一直没遇到合心意的人。

"儿子有了，我是替我妈烧香的。她的心脏不好，根治是不可能的了。我也不管是不是有用，到一个地方只要有寺庙就去拜一下。"老何说。他们都才三十出头，看上去都有点儿中年人的样子了。陈中处里新来了一个毕业生，就直接叫他"大叔"，他连连否认说："你别这么叫，真叫老了我娶不到老婆了。"

"大叔才有魅力。"那姑娘说。

往外走的时候，一个中年男人拉住老何，低声说着什么。老何点了点头，掏出五十块钱递过去，那男人把一个红色塑料水桶端给他，里面是十几条鱼。老何把桶里的鱼慢慢倾倒出去，嘴里还念叨着什么。陈中知道这是放生，也是一种祈福的形式。一道水流从水桶倾泻而出，金红色的鱼扑棱棱地落入水中，溅起大片水花，就快速朝四周游开去。它们可能就这么反复地被放进水里，再一次一次被捞出来，在半空中它们大概就预感到接下来发生的事情，本能地调整好姿态，在接触水面的一刹那还在扭动。陈中看着这些格外活跃的鱼，这些只为放生而活着的鱼，它们一次又一次重复着从濒临死亡到被再次解救的仪式。但是，它们自己并不知道，或许以为这是一种运动，一种娱乐。它们还活着，陈中松了一口气。

台风没来，雨却接连不断地下起来。高速公路也只能间歇性地开放，附近一个路口地势有些低洼，积水一多就得封闭进行人工排水，这让准备进入路段的车越积越多，行进速度也变得迟缓。赶上周末，陈曦就去参加他们那个志愿者组织的活动。

"最近少吃烤肉串,听说好多流浪猫狗都被捉去卖给小贩,你吃的羊肉串可能是冒充的。"临走前,陈曦提醒他,他们最近这么多解救活动都跟这事有关,"这里是到上海的长途运输车必经之路,看到那么大一车厢塞满这些动物,有的已经脱水死了,我们得拦住,能救多少算多少。"

在他们这个小区的花园里就有很多流浪猫,在靠近走道的地方放着几个快餐饭盒,有人在里面放了些鱼骨头和剩饭。有个老太太每天会拿些猫粮放进去,经过的人也习惯了,猫也不害怕人,顶多瞟一眼那些跟它们打招呼的人,继续嚼着食物。有几次,陈曦想把几只猫带回家里,他都没同意。父亲需要照顾,他们都没太多精力养猫。养一只动物远不像想象的那么简单,它们会在情感上牢牢地拴住你。那个喂猫的老太太,没人让她天天如此,猫也不会纠缠她,但是她就像着了魔一样,带着她那只摇摇晃晃的哈巴狗,定时去撒猫粮。不知道是不是天气的原因,这些天陈中没怎么看见那些猫,听了陈曦的话,他担心它们是不是也被捉走了。

周末早晨,陈中经常到附近的公园里跑步。公园里锻炼的、写字的、跳舞的、唱歌的,做什么的都有。小树林边上聚集了一群人,他经过的时候慢下来,一个戴眼镜的青年在演讲,围观的大多是年轻人,手里捧着鸟笼。旁边一个姑娘往陈中的手里塞了张传单,说:"师兄,请支持一下。"他有点儿摸不着头脑,不知道被叫作师兄是什么意思。浏览传单才知道,他们是一个民间动物保护组织。青年话音刚落,周围的人纷纷打开鸟笼的小门,里面的各色鸟儿飞了出去。有几只飞到地上不动了,几个人跑过去重新把它们抛向空中。这次,鸟儿腾空而起,很快就不见了踪影。众人彼此说着"师兄辛苦了"之类的话,然后道别而去。

甲鱼有时还会扑腾几下,陈中跑过去看,只见它伸出脖子,两只眼睛盯着他,一动不动地看。这种专注的神情,让陈中心里有说不出的感觉,可又觉得它似乎没在看他,它的眼神早已穿透他望向别处。

到了很晚,陈曦才回来,不说话就进了她自己的房间。等到陈中陪父母看完电视剧准备休息的时候,陈曦才出来对他说:"我们打算截住的一辆车侧翻,司机跑了,那些猫狗陷进积水的洼地里,死了一大半。"她哭了,陈中没说话,只是拍了下她的头。

第二天是个大晴天,阳光刺眼,到处都浮动着白金色的亮光。陈中用一只塑料桶把鱼缸里的甲鱼捞了出来,开着车来到河岸。已经有人坐在岸边的草地上钓鱼,他避开人群,到一个僻静处拎出水桶,慢慢倾倒进河里,这让他想到寺庙里那些鳞光闪动的朱红鲤鱼。甲鱼缓慢下沉,又浮上水面,它舒展四肢,轻松地游走了。

(2013年)

近　影

那个电话响了一次就没有声息了。安易后来听到的不是那个电话，从会议室出来，手机嗡嗡地震动，他从兜里掏出这个不安分的黑家伙。还是客户打来的，连电话的响动都充满挑剔的意味，方案已经调整了很多次，瑕疵还是不断浮现，他感到精疲力竭，就是织一匹布，也免不了几个疵点，那人到底是要完美，还是喜欢对达到完美提出要求，他说不清楚也没法儿追究，即使是推倒重来也得忍耐。但是，五个未接电话不光是这个客户打来的，夹在中间那个，是孟超的。已经很长时间没有他的消息了，他们平时根本没有联系。应对完客户，他赶往餐厅吃午饭，孟超那个未接电话停在那儿，一天了，也没再响起。

除非必要，安易对于没接听的电话采取搁置的态度，反正对方要是有急事，还会再打的。他们认识的时间太久了，从六岁开始，就是同班同学。中间这些年，见面多是偶遇，很少特意联系，或许那个电话只是按错了键，这种事他也做过。

那次在超市，他刚刚收到大学录取通知书，要准备一堆东西，好像将要前往的不是一个世界闻名的大城市，而是要去乡下。其实也差不多，学校在山上，而且到异国留学，什么都是陌生的，他需要储备齐全，这样才能像鼹鼠那样安心地躲进洞里，度过最初的不适期。他在电器区寻找转换插头，一抬眼看见了孟超。他正和一个年龄相仿的男孩一起发宣传单，他的脸一点儿没变，小学毕业后他们就没再见过面，除了长高了很多，他还是那副样子。孟超过来拍了他一下，还是那么没有轻重。

"你在这儿干吗？"安易看着孟超手里的一叠宣传单，那是商品优惠打折券。

"出来打工，我妈不让我在家待着。"孟超说。他妈妈曾经当着他们几个同学的面扇过他耳光，同班男生没几个没被他打过的，别的父母来告状，他妈妈咬住牙根不让自己发火，实在忍不住才打了他。

孟超看了看插头，问："你是要去留学了？"

"嗯，去一个大农村，不太方便。"安易这才感觉到自己的选择挺反常的，越走越远，也越来越偏僻。

"比我强啊，你至少知道自己去哪儿，我连自己以后该做什么都不清楚，高考考砸了。"孟超脸上看不出有多少沮丧，他对这个结果应当是早有准备。

他说起要考飞行员，安易感到意外，问他是不是开大飞机，孟超摇头说："不，开轰炸机。"

他俩的交往很奇怪。学校午休时间，他们一帮男生在操场上疯跑，到了三年级，校园显得无聊了，他们就到旁边的商场里瞎逛。那里是个迷宫，他们走着走着就互相找不到了。他们经常去超市推购物车玩儿，一个人坐车里，两个人推，超市店员追他们，他们又快又灵活，那个大妈实在追不上，喘着气停住，随他们去了。

孟超跑步的速度惊人，只要他想追人，谁都不可能躲过他。那天，安易跑到一棵小树底下，孟超过来推了他一把，后脑勺戳在一根树杈上，血不停地流出来。老师吓坏了，找校医临时包扎了一下，打电话给他母亲带他去了医院。伤口很深，但没伤到颅骨。孟超的父母带着他登门道歉，安易的母亲没说什么，小孩子打闹没有轻重，可从此之后，孟超特别照顾安易，谁敢欺负他，孟超就动手打回去。

暑假来了，安易的母亲给他报了各种课外班，奥数、书法、绘画，还有游泳。孟超知道了就回家要了钱，跟着安易一起去学游泳。体育馆的游泳池很大，每天都有差不多年龄的孩子泡在游泳池里。带他们的女教练五十岁左右，很胖，留着齐耳短发。安易怕水，还恐高，游的时候动作不协调，学得最慢。孟超就不一样了，没几天他就能在池子里来回游动，有一天教练点名没见到他，有人大喊："他在那儿！"他们一齐朝跳台望去，孟超正站在上头要往下跳，教练吹哨子制止他，他摆了摆手，还是纵身一跳，他头朝下，身子绷得很直，落进水里稍微倾斜了一点儿，溅起一些水花，但是那动作很规范，像是受过训练一样。教练很生气，要求他退出游泳班，他不停央求才留下来，后来他规规矩矩地直到结业，教练发结业证的时候再次批评了他，不过最后还是承认，他是个好苗子。

孟超为什么没去当个游泳或是跳水运动员，安易也不清楚，小学毕业后他们去了不同的中学，忙着为上重点高中做准备。起初在QQ群里还聊聊天，后来就没有太多交流，有时候就是看见哪个同学在线，也不太想打招呼，各自的头像就那么一直挂在上面。

孟超的同伴在叫他，安易说："说不定以后我回家坐的飞机就是你开的呢。"孟超举起手说："那好吧，为了送你回家，我也得当飞行员。"

他们相互道了别，安易很快就到了学校，他去看过孟超的空间，里面什么都没有，他本打算问孟超是不是已经做了飞行员，后来就把这事给忘了。

再次知道孟超的消息是在两年以后，他开始在空间里发照片。几乎每周都发一组，他身穿飞行员制服，神采奕奕，在第一组照片里他的身后是迪拜的最高楼，安易听说他全家移民去了迪拜，至于他是不是也去了，空间里没有任何文字说明。再后来，背景里是各国机场，或者是那个国家的代表性建筑。有一天，安易在照片里发现了温哥华机场，他在QQ上留言问：你到温哥华怎么不告诉我一声，我怎么也得招待你一下啊。过了一周才等来孟超的回复：时间太短，我都没时间走太远，随时待命,我在开私人飞机。

安易还是拨了那个号码,即便是孟超拨错了也没关系,他也正想聊一聊。过去的人和事在一点点丢掉,有的即便找回来也会发现,跟记忆和想象的都不一样。他并不怀旧,可又没法儿完全丢掉过去。他母亲把他小时候的照片按照日期整理出来,在他大学毕业那一天送给他。而在家庭相簿里,父母小时候的照片却很少,他问起这事,母亲说直到上学后,他们才在学校的集体照中有了一个位置,之前都是空白,跟没有经历过一样。这让他觉得,人是不能没有过去的,以为丢掉过去就是丢掉负担,最后却可能丢得什么都不剩了。

电话里是那个标准女声,告诉他对方电话暂时无法接通。他是在开飞机吗?安易想。等等看,如果有事,他还会打来的。

那一年也就是孟超当飞行员的那个时间,安易返回学校,经过十几个小时的飞行后,他突然睡不着觉了,持续了很长时间。吃了药状态更差,他只能强撑着,等待失眠状况的好转。作业写到深夜,躺在床上脑子还停不下来，他起身到宿舍外面。春天还没过去，蒲公英已经凋谢了，路边到处是白色毛球，有的已经散开，随时会飘起来，空中回旋着那些飞絮，它们飘舞到任意的地方，直到停在哪里，把那儿再变成一片蒲公英地。山里虽然住了不少人，却依然保持了森林的原貌。他沿着山路往前走，太阳还没有升起，那些可能遇到的野生动物都没醒来，他走着走着就快到山顶了。从那里望去，下面是一条宽阔的河流，运输木材的大船在河中漂流，船上的灯光掉到水面变得微弱和飘忽，好像随时会被巨大的水流声吸走。

　　他想到了孟超，他从跳台跳下去的时候，有没有害怕过。站在悬崖往下跳会是什么样的情形，假如他此刻在这里会不会纵身一跃呢？现在，他大概不会冒那样的险了，就像钢琴师要好好保护他们的手，飞行员大概也不会轻易拿生命冒险的，他们得养足精神，随时做好意外发生的准备。驾驶飞机穿越不同的时区，不知道他是怎样做到不失眠的。从机场出口出来的时候，经常遇到机长和空姐，他们拉着行李箱从人群当中穿过，安易总想从制服标志上去辨认他们所属的航空公司，孟超是不会在这个队列中了，或许开私人飞机更接近他没能实现的愿望。

后来失眠不治而愈,他很少到森林里去了,冬眠后苏醒的动物有时候跑进校园翻找垃圾桶,浣熊还会靠近宿舍来讨要食物,在寂静的夜晚,汽笛声偶尔传来,他想起那段时间,早晨四点多钟太阳还没升起时森林里的景色,毕业回国前收拾好行李,离出发去机场还有时间,他顺着山路到林间散步。太阳已经升起来了,林间的树木正在散开新叶,他就要回家,那里没有宽阔的河流,但是海浪同样有声音,特别是涨潮的时候,巨浪冲击堤岸,声响比河流要剧烈得多。

八月正是阳光最热辣的时候,他和朋友经常到海边游泳,浴场挤满了人,每个人之间的距离根本没法儿舒展地游动,看上去真是个浴场,人像泡澡一样站在水中,他猜想大多数人并不会游泳,特别是那些游客,到海边来不下水试试就不像一次真正的海滨旅游。安易他们不会到这种地方来,从小到大,他们摸清了很多人迹罕至的沙滩,在那儿不会被打扰。接近山崖的地方有一个隐蔽的山洞,涨潮之后洞里会灌满海水。从那个洞进去,一直向下走,再转个弯就到了沙滩。抬头往上看去，山崖遮住了阳光，他们游泳间隙就躺在沙滩上休息，或是睡上一觉。朋友在捅他的腰，让他起来，他跟朋友退到旁边，崖顶站着一个人，双臂伸展开来，随后跳进海里。他们以为那是一个自杀的人，赶紧往海水里跑，没多久那人从水里露出脑袋，快速地上了岸，安易他们松了口气，跟着游到海滩。安易认出那个跳水的人是孟超。

他过去捶了孟超一拳："我早该猜到是你。"

孟超笑了，他好像很难老老实实地待在地面上。他本该在世界上各个地方穿行，现在却出现在这儿，安易感觉奇怪，孟超却轻松地说他辞职了，在重新工作之前先休整一段时间，去做做他一直没有时间做的事，比如说跳水、潜泳、乘坐热气球。"这只是第一步，"孟超说，"其他的要一项一项兑现。"

安易他们很羡慕，可是做不到。说到同学的近况，他们想起小学毕业已经十年了。"是不是得聚一下？"安易问。

孟超说："我想看看这些家伙都长成什么样了。"在他开始下一项冒险之前，他们约定各自召集同学。过了一周，人通知得差不多了，约在学校附近的一个饭店吃饭，老师也来了。毕业典礼的那天，拍完毕业照后她跟他们每一个人合了影，又给每人一颗棒棒糖。从入学到毕业，她给他们这个班当了六年班主任。她第一天走进教室时，他们望着讲台，她刚从师范学院毕业，说话时候有点儿紧张，她走下来，从兜里掏出一袋棒棒糖，一个一个地放在他们手上。孟超是她批评最多的学生，她进门一眼就认出了他，他是这里变化最小的一个。

"孟超，就你最酷，开飞机，我跟别的老师说起来，他们都羡慕呢。"老师的娃娃脸也拉长了，黑框眼镜换了金属镜架。

孟超是那天聚会的中心，所有人都听他谈各地的风景和风俗，听他讲一项又一项冒险计划。女生看他时眼里那种仰慕的光亮让安易有点儿失落，别的男生心里大概也不会好受，不过他们也挺佩服他的。

后来他们不定期的聚会，孟超都没参加，不知道他在哪个大洋漫游，但是他们还是会聊起他，他就像个英雄，不过，没有一个人会去做他做的那些事。安易爱上了李佳佳，听她说孟超在跟卢云蕾交往。李佳佳告诉安易："跟这样一个人一起生活挺不容易的，你再重要，也不如他那个清单上一条条计划重要。不过，云蕾说她做好了跟他到天涯海角的准备。"

那段时间,孟超的朋友圈里是他潜水的照片,接下来是乘热气球、攀岩、丛林探险,他们这些同学忙着在下面点赞。现在,他们的阵地已经从QQ群转移到微信群,没想到他们又有了紧密的联系,每天都知道彼此在做什么,似乎重新变得亲近起来。偶尔会有孟超跟卢云蕾一起旅行的照片,他们在撒哈拉沙漠,头巾下面露出的脸晒成了褐色。看样子,她真是要追随他去冒险了。但是那些消息中的孟超仍然显得很遥远,他像一条鲶鱼,从他们眼前和身边一次次地滑过去。

安易和李佳佳的婚礼,只有卢云蕾来了,她还替孟超送了一套黄铜咖啡具,那是从迪拜带回来的。她说孟超重新去当私人飞机驾驶员,她正准备辞掉工作,跟他到迪拜定居。

孟超的朋友圈里再次出现他身穿飞行员制服的照片,依然是世界各地各个机场,好像又把之前的生活重新过了一遍。差不多过了一年,他突然停止更新了。最近那张照片停在洛杉矶,他戴着墨镜,身后是来来往往的旅客。安易以为他又辞了工作,开始了新一轮探险活动。李佳佳下班回家说:"云蕾跟孟超分手了。"

"是不是受不了他那种状态?"安易觉得这是迟早的事。

"她都准备申请移民了,孟超说什么也不让她过去,还说可以为了她放弃过去的生活,哪怕天天上班也行。可是过后他又食言了,不但没放弃,还提出分手。云蕾怎么也搞不懂他为什么要这样,他们团聚没有什么障碍,这样的分手完全没有理由啊。云蕾到处打听,想知道为什么。结果怎么你想得到吗?"

"孟超这种飘忽不定的人,无论做什么都不奇怪,要什么理由呢?"安易很了解他。

"你觉得现在孟超正在天上飞,是吧?知道吗,孟超从来没有开过飞机,从他报考空军飞行员没被录取那时起,他一天都没开过。"李佳佳说。

安易重新去看那些照片,一张一张地翻看,他完全看不出有什么不对劲儿的地方。在所有照片上,孟超都戴着墨镜,身穿飞行员制服,脸上的笑容就像他从悬崖跳下又从水里露出的笑脸那样,轻松自然。

(2017年)

吉 尼 斯

灯亮了，吊灯瞬间发出微弱的光。朱冲抬头望着棚顶，天色还没有暗下来，光晕几乎淹没在天光里，灯丝在空气中留下的划痕更加微弱。难道只有我一个人注意到灯光吗？朱冲环顾左右，他们的脸都朝向舞台，兴奋地交谈着。的确，除了他，别的人似乎没有注意到这个变化。人群拥进白帆布凉棚，加剧了这种兴奋和躁动。

他们几个坐在靠近舞台的座位，台上的德国乐手有一个在调试乐器，剩下的在闲谈。这些人说的什么完全听不懂，就是听懂了也不可能听清楚，声音太嘈杂了。

此刻是演出的间隙，噪音覆满大棚，旁边座位上的人正在举杯喝酒，其中有一个不肯多喝，其他的人起哄，直到那个人站起身，一手叉腰，把大杯的啤酒全部灌下去，坐着的那些人使劲儿鼓掌叫好。差不多每个桌上的人都是这样，叫嚷笑闹的声音越来越大，没人注意到灯已经亮了。

白天的暑气还没散尽，浅色原木桌面上的疤节像是淤积了黄沙的水流突然掉进深陷的旋涡。

啤酒妹走到他们桌前，穿着白色超短裙，她们看上去都长得差不多，这让朱冲有点儿失望，他们是来看胖酒娘的。电视新闻里的德国酒娘，一下子能托起十二个啤酒杯，左手四个，右手四个，胸前再抱四个，稳稳当当地送到客人的桌前。女记者也试了试，只端起四杯就赶紧放下了，她以夸张的表情和唧唧喳喳的声音渲染酒娘的臂力。可现在，东张西望地找了半天，一个酒娘也没看到。

他们也不是单为了看胖酒娘的。在这个夏天，除了游泳，他们还得找点儿乐子。每个周末，他们都到海边来。为了避开成群的游客，他们沿着海滩边一个僻静的礁岩下水，跟在一艘客艇的后面游，螺旋桨溅起的水花混杂着被打晕的小鱼虾，掉落在他们头上。他们追着汽艇撒欢，一直游到防鲨网跟前，听到有人正在栈桥上举着高音喇叭不停地发出警告才停下来。

站在海滨公园的小山顶，朱冲看见广场上支起十几顶白色大帐篷，像是原野上的蒙古包。差点儿忘了，啤酒节已经开始。往常，他们游泳回来，都会在岸边的烧烤店喝啤酒。"不如去啤酒节看看。"小威提议说。

顺着啤酒妹手指的方向，他们看到一个锅炉似的巨大装置，黄铜色的表面闪着金光。那个酿酒装置是从德国运过来的，原料也是。他们几个各要了一杯，虽然碰杯的姿态很豪放，但是他们没有谁真的把酒灌掉，又不是比赛，也没人拼酒，就这么慢慢悠悠地喝挺好。

走进这个帐篷前，他们沿途经过了好些卖各种物品的小帐篷，什么泳衣、毛绒玩具、地方小吃，还有射击游戏，只要打中两个气球就能得到一只毛绒兔子。朱冲的枪法不错，中了三个，当然也只得到一只兔子，眼下正在小威的手上。

服务员把他们要的羊肉串和烤鱿鱼端了上来，他戴了顶牛仔草帽，眼镜片反射着帐篷里闪烁不定的光，他动作不太熟练，一看就知道是暑假打工的学生。朱冲低头看了看自己手里摆弄的牛仔草帽，这是他刚在门口买的，两侧的帽檐儿向上翻翘，跟服务员头上的那顶一模一样。他随意扣到头上,看了看服务员,又把头转向小威,小威也看了一眼服务员,那男孩低头查看自己的衣服,摸摸衣领和扣子,脸上现出困惑的表情。他们哄笑起来。

透明的酒在灯光的映衬下更加透明。朱冲打开瑞士军刀,在鱿鱼上划下去,灰白的鱼肉从裂口向两边翻过去。

那几个乐手一看就不年轻了,五十还是六十,很难判断。由于瘦削,他们脸上的皱纹更加明显。这个年龄应当在家抱孙子遛鸟,在公园里跳舞,这几个人却在这里摇滚,穿着瘦小的皮夹克和紧绷绷的牛仔裤。虽说年纪不小,不过用"老"这个字概括他们好像也不怎么合适。

乐手们还在闲聊,一个身穿粉红色护士服的外国女人走到他们中间坐下,她戴了副粗框黑边眼镜,头发裹在护士帽里,从一个老头手里接过一支烟抽起来。

鼓声嗡地响了,他们抬头去看,乐手们起身走到舞台中央,瘦削的身体和着歌曲节奏摆动。唱的什么完全听不懂,主唱使劲儿拨着吉他跳到舞台的边缘。女护士举着话筒,一边扭摆一边鼓动下面的观众一起配合。台下的不少女孩穿着吊带背心,可台上这个捂得严严实实、看上去一本正经的女护士却比她们都妖娆。观众好像也被感染了,有节奏的掌声从大棚的各个角落传回到舞台。

他们看上去可真够有劲儿的,吉他手甩掉外套,露出白背心,胳膊上的肌肉随时准备突破皮肤跳出来似的。朱冲攥紧拳头看了下自己的肱二头肌,差得太远了。小威伸出手使劲儿捏了下,又做出一个砸的姿势,朱冲配合了一个害怕的表情,把胳膊缩了回去。那个扮成护士的女歌手,挥动一只手臂,不停扭动屁股,台下的男女从座位上一个个站起身,又一个接着一个把手搭在前面那个人的肩上,绕着场子左踢一下右踢一下向前跑着。

小威拉了拉朱冲的胳膊,也想加入跳舞的队伍,他没动弹,人群像是突然间上了发条亢奋不已,站着的人,都被席卷进歪歪扭扭的长蛇阵,一只只伸出的手顺势把啤酒妹和服务员都拉进去。朱冲看见那个戴眼镜的男服务员,被人拽着向前跑,他的腿脚有些僵硬,没跳几步就挣扎着退了出来。

如果电视节目的女主持人在现场,一定会对着镜头叫喊：演出的现场气氛达到高潮，人们尽情唱着跳着，抒发对生活的热情，彼此传递着正能量。然后，然后会采访谁呢，在队列最前面的那家伙，用衣角擦着鼻尖的汗珠，大声说："太开心了，希望大家都来痛痛快快地玩儿。"旁边的姑娘也挤到镜头前说："对，到啤酒节来吧，一切超乎你的想象。"同时做了个"V"字形的手势，如同所有喜欢在照相机镜头前做出同样手势的人一样，她的形象定格在心满意足的状态。然后是一个坐着的食客，比如朱冲这样的，如果也像那个男服务员一样戴了副眼镜，会向上扶一下眼镜框，微笑一下，挺好的，希望这种市民节日越多越好。身旁的人都在点头，再点头。

现在，没有什么电视镜头，胖酒娘也没有出现，除了台上卖力的老歌手，这个复制德国的啤酒节跟德国没什么关系，跟中国也没太大关系，只有白色的棚布把他们装在一个热气腾腾的迷幻球体里。

长蛇阵分散开来，一个、两个或者几个人被卸到座位上。不老的老歌手们不知什么时候都消失不见了。朱冲听到一个词语——吉尼斯。类似发音的词语他知道很多，威尼斯、突尼斯、肯尼斯、尼斯、尼斯湖。这几个地名，在他脑中的地图上，是被相近的读音曲线连接起来的几个蓝点。所有这些地方他一个都没去过，在书籍、电影、传说、新闻里他知道一些片段，这些片段构成了他对域外不无美化的想象。吉尼斯不是地名，没有人不知道吉尼斯纪录的。有些仅仅因为先天条件特殊被列入吉尼斯，比如说世界上最高的人、最矮的人、最老的人、最胖的人。还可以自创吉尼斯纪录，从最高悬崖跳下去的人、与狼共舞三十天的人、用脚弹钢琴的人、用手走路的人。

朱冲知道吉尼斯，还是从许超那里。上小学那会儿他们同班，还住在一幢楼里。晚饭过后他们一起玩儿，许超告诉他有一阵子他得在家里不出来了。"干吗？"朱冲觉得奇怪，许超说他要参加吉尼斯。"我得拉二胡，你知道有多少人？五千人，在一个大体育场。"许超的二胡是从他姥爷那儿继承的，朱冲见过他吱吱呀呀地拉琴，姥爷在旁边监督和纠正。那调子真是难听，大街上卖艺的瞎子也比他拉得好。许超都能参加，拼凑起来的五千人将会拉出什么样的曲调，他能想得到。吉尼斯不就是胜在没人做过吗，好不好听的反倒没什么关系。

许超后来拿照片给他看，坐在椅子上的人铺满运动场，他们手执二胡拉得特别投入，前排几个人脸上都是悲痛欲绝的神情。"你在哪儿？"许超指了半天，他什么都没看出来，后来，连许超的手指也变得犹疑不决了。

主持人走出来，麦克风已经够响了，他还要高喊，他们每一个都这样，好像演出前吃了什么兴奋剂似的。他说："你们猜猜，将要刷新的吉尼斯纪录会是什么？"四个男人在舞台上一字排开，手中举着啤酒瓶，每人一瓶看谁喝得快。中间那个是纪录保持者，其余的都是来挑战的。他们看上去有些相像，所以根本分不清谁是谁。台下掌声一片，几个男人举起酒瓶仰脖灌了下去。朱冲一呼一吸，那几个人的酒瓶都已经空了。朱冲搞不明白他们是一口气灌下去的，还是分成几口喝下去的，中间怎么换气，换气的时候怎样才不会被呛到。这么一想，他突然觉得吉尼斯不是吹出来的。

台下欢呼声、起哄声又响起来，主持人一手捉住一个男人的手高高举起："到底谁是原纪录创造者，谁是破纪录者，还是没办法搞清楚。"他们也从台上撤了下去。

紧接着上来一个一身唐装的男人，乳白色绸缎随着他身体的摆动而飘了起来。跟他一同上台的人在中间摆了一张桌子，把一卷纸铺开，笔墨摆上，男人左手举起酒瓶，右手握笔，在纸上快速划动。等到酒瓶空了，手的划动也停止下来。站在他身边的两个身穿红绸旗袍的女郎，举起写满狂草的宣纸展示给观众，其中一个想读出声，可是看了半天还是辨别不清，只好由酒仙书法家亲自朗读："祝啤酒节圆满成功。"有人又递过来一瓶酒，书法家用右手接着，这回用左手书写。旗袍女郎再次举起写完的字幅朝向观众，书法家上前一字一顿地读道："祝啤酒节越办越好。"更加具有技术含量的高难度比赛并没有出现，比如倒立喝酒，一个人怎么能够让酒逆势而行，穿过食管、胃肠在体内循环，这是他们一直想要搞清楚的问题。

从台下座位上忽地跑上去几个人，每人面前放着几十瓶啤酒。朱冲觉得右边那个很像许超，自从小学毕业后，他们没再见过，他是不是长成那个人的模样，朱冲也没有把握。

主持人手里抓着一块秒表使劲按下，参加比赛的人就抄起酒瓶，一瓶一瓶地灌下去。开始的速度很快，喝完一瓶往地上一扔，顺手抓起一瓶接着喝。慢慢地速度慢了下来，有人还要中间喘口气，有人脸上已经是痛苦不堪的表情，主持人开始读秒了，七、六、五、四、三、二、一、停——他把最后一个字音拖得很长，那些恰好喝光的选手举着空瓶子把手高高扬起，瓶子里还剩一些的，呆呆地站着，好像还没反应过来比赛已经结束了，脚下的酒瓶散乱成一片，突然听到咚的一声巨响，就是在嘈杂的棚子里这声音还是很大，一个选手倒在台上，周围的人围上去，把他抬了出去。只静了几分钟，嗡嗡的声音又响成一片。朱冲想跑过去看看，是不是许超倒下了，众人已经把那人抬到待命的救护车上，在乱哄哄的噪声里，救护车开走了。

他们离开的时候，狂欢的人群还没有散去，灯光飘忽的会场看上去像一个正在远去的岛屿。已经很晚了，街上的车流依然不少。朱冲和小威站在斑马线的一端，人行道的红灯一直亮着，一辆接一辆汽车从他们面前疾驰过去。可过了很长时间红灯依旧亮着，汽车却停了下来。不知哪辆车的喇叭短促地响了一声，这个时候他们才意识到交通灯失灵了，他们拿出比赛的速度飞快地跑了过去。

（2011年）

绿　藻

　　天气一暖，小林就经常在店里看到田中先生的身影。他拄着拐杖却走得很快，沿着长排落地窗走进料理店。从看到他的侧影开始，那些寿司就开始在小林的脑子里逐渐成形。把淋上醋汁的米饭握在手中，手与米饭的温度相互传导，适宜的口感就出来了。小心地片开三文鱼，将鱼片贴到饭团顶端，晶莹粉嫩的色泽让寿司变成了宝石。

　　田中先生很健谈，每次过来都坐在吧台前跟小林聊很长时间，他没有来的时候，小林猜测他不是生病就是出外旅行了，虽然过了八十岁，可他的精神状态完全不像。

　　"好久不见，我回老家去了，"田中说，"那是世界上最美的地方。"他坐下来，小林倒了一杯茶给他，就开始做寿司。田中先生的口味很少变化，只吃三文鱼或虾寿司，那些新花样，加了牛肉、鸡肉、各种蔬菜、水果，淋上很多沙拉酱的寿司，他是不吃的。小林还是照例问他："想吃点儿什么？"

"今天不吃鱼，要赤贝。"田中先生的话让小林感觉意外，不过，他正想向田中推荐赤贝寿司，如果他不点，就送一个给他尝尝。今年的赤贝特别鲜嫩，清淡的甜味能在口中停留很久。

田中注视着小林手里的赤贝，说："我老家那里的赤贝跟这个一样大，我回去跟朋友喝酒吃到的，现在每天都想吃。"

小林很少听到他讲自己的事情，但是他的太太小林倒是见过几次，四十多岁的中国女人，大多数时候，田中自己过来吃寿司。他在这里安了家，回日本的时候不太多。

接过小林递上的寿司，田中端详了一下放进嘴里，点着头。直到吃下两个，他才停住说："好吃，就是这个味道。"每一次来他都这样说，让小林搞不清楚这是客气话，还是他真心这么想的。小林上大学的时候，课余在一个日本料理店打工，老板是日本人，十分严格，小林的手艺都是从那里学来的。

寿司店在海边，沿着海岸线修建的高层住宅挡住了海，站在路上几乎什么都看不到，除非住在远处的山上。夏天来看风景的人很多，都是游客，他们在海边走累了，就会到小林的寿司店吃午餐。现在，人多了起来，有一家人坐到吧台，看小林捏寿司。小女孩手里拿着一个鲍鱼壳，里面闪着荧光的色彩让她很着迷，她母亲拎着一根粗壮的海带。离这儿不远有一个养殖场，大风和海浪有时会吹脱正在生长的海带，小林就在沙滩上捡过好几次。田中先生对那个母亲说："你们这是打算回家把它种起来吗？"

小女孩听了很高兴，说："种到花盆里吧。"周围的人都在笑，年轻母亲说："我们得先让它活着呀。"她向小林要了一个塑料袋，小心地把海带盘起来放进袋子里，仿佛在安放一个蜷曲身体正在熟睡的动物。第一次看到海的人对什么东西都好奇，他们在海边捡各种东西、贝壳、鹅卵石、沙子，直到拿不动了，才丢弃大半。每次田中先生看见这些人，就开玩笑说："怪不得昨天我想用沙子盖住脚背，可费了半天劲，只埋住小脚趾。"小林也不知道这些游客把装进口袋的沙子拿去干什么,景区竖起一块牌子,上面写着"禁止把沙子带离海边",可这种警示完全没用。

与广阔的内陆比较起来,住在海边的人是少数。小林的家在西北,上大学之前从来没有见过海。站在海边,他时常有到了陆地尽头的感觉,当然,后来他知道越过海峡是另一个海岸。再远一点儿他去过日本,不是坐船而是乘飞机,没多一会儿就到了,比回他西北的老家还要快。

田中先生起身要走,他对那个小女孩说:"这个贝壳要放在被窝里才好看,它觉得热了就会发光,不信你试试看。"女孩看看鲍鱼壳,又看看她母亲,有点迷惑。她父亲说:"我们回去就试。"田中先生总是能很快地让人配合他的玩笑,哪怕听上去有点儿荒诞。小女孩一边吃寿司,一边不停地转换角度看着里面变幻的色彩。

田中往外走去,他的家就在旁边的高层住宅,有时候出来散步,会顺便过来吃点东西。小林总觉得他的太太挺奇怪,明明就住在附近,夫妻俩一块儿过来吃饭很方便,田中先生来这里,太太还要自己在家做饭吗?但是，小林从来没有问过这事，他们之间好像有种默契，从不主动打听对方的情况。或许这也是田中喜欢这里的缘故，想聊就随意聊点儿什么，不想说话，只管安静地吃东西就好。沉默不语的时候，田中就看着窗外的海滩，潮水的声音里偶尔夹杂着海鸥的鸣叫。这样的风景在他家的窗前也是看得到的，可他还是看不够似的，或许他并不是在看海，而是在想着什么事情，也可能什么也没想。小林这么猜着，他也很爱看海潮，从来没有厌倦过。

这个季节，小林没空去海滩，虽然他出门只要走上三分钟就到了。其实，他是没有心思去，几分钟的时间还是有的。他每天想的都是店里的事情。忙碌的间隙抬头望向窗外，海景和人群都在眼里。今年的海滩不怎么太平，先是赤潮，到处是褐色的海生物，被冲到岸上的那些经过风吹日晒，紧紧地贴在石头上，残留在细沙里，看上去肮脏凌乱。等到赤潮消失后，附近的几个海水浴场又遭到绿藻的袭击，目前还没有到达这里，据说绿藻能把处在包围圈里的生物活活困死。小林就像在等待台风一样，等待它的到来。他称之为它，实际上那是成群的海藻，但巨大的破坏力使他更愿意把它看作是一个怪物，一只巨噬动物。

　　海藻丝是店里最受欢迎的小菜之一，小林想不出绿藻与这道菜之间的关系。刚上大学的时候，他买过一个小玩意儿，那是一个类似试管的细长玻璃瓶，里面装满水，几个透明的绿泡泡飘来飘去，那就是绿藻。在夜晚的灯光下，绿藻也发着光，它们没有随着水波浮动，而是在跳。这让人搞不清楚它们是植物还是动物。那时候宿舍里还有人养鱼，金鱼没几天就翻起肚皮死掉了，又换了锦鲤，红、白、黑三色。这家伙的生命力出乎所有人的意料，凡是到宿舍来玩儿的人都会往鱼缸里丢点儿面包渣，每次它都吃得很干净。好事的人又专门买来鱼食喂它，手一抖，落下去小半袋，它也都吃掉了。没出半个月，鱼缸装不下了，他们在网上订了一个水缸。宽度不够，却足够深，它在里面上下翻滚。换水是一项大工程，宿舍里所有人都上阵，先把锦鲤放进桶里盖上盖儿，防止它跳出来。几个人接力把脏水一盆盆地运到卫生间倒掉，再接好清水一盆盆地运回来。不明就里的人以为他们宿舍被水给淹了。本来班主任平时对他们的管理很宽松，但这事闹得有点儿大，有人向班主任举报，他们被勒令立即处理掉锦鲤。送到食堂去，他们不忍心，最后被一个当地的同学带回家继续养。那口水缸给了打扫宿舍楼的阿姨，阿姨是朝鲜族，她拿回去腌泡菜。

最近田中先生来得有点儿频繁。"太太出差了，你这里就是厨房。"他说。小林很佩服他的胃，到了这个年龄还能吃这些生冷的东西。小林的奶奶也八十多了，戴着假牙，每天的食物都要软烂才吃得下去。不过，这也没法儿比较，田中先生的太太比他年轻那么多，这在小林的老家也是很少见的。

"田中先生，您晚饭吃什么呢？"小林很好奇，除了中午在这儿吃的寿司，他还吃些什么。

"太太临走前在冰箱里备好各种东西，一直到她回来都不会吃完的。"田中说，"我们就这么囤积吃的，就像准备过冬的松鼠。"

小林听他谈起过，他们经常到市中心的一家食品超市，那里大多是进口食品，有不少来自日本。在城里工作的日本人很多，每周都会过去采购。小林的店里以游客和在附近居住的人居多，也有日本人和喜欢日本料理的人特意过来。

"我可是个煮面的好手,"田中说,"我母亲煮的荞麦面是最好吃的,她不在了,我再也没吃过那么好吃的面,我没她那么好的手艺。我跟她说过:'您没去做大厨实在是可惜。'"

"我妈也做得一手好面,我们算是有福了。"小林家那儿经常吃面,父母也没想到小林天天做寿司。他要是开面馆,味道也肯定没问题的。

田中举起茶杯:"我们是不是为好手艺的妈妈们干一杯?"他的心脏不太好,已经戒了酒。

"那时候当地人是不吃荞麦面的,只吃稻米和麦子。我父亲先来到中国,母亲过来的时候肚子里有我,包裹里是荞麦种子。"小林还是头一次听到田中讲他的经历,更没想到他出生在中国。也许他不该感到意外,田中的汉语比他遇到的其他日本人更流利。

田中能够记得的不太多,名叫浩的那个男孩跟他家住在一条胡同里,大家都叫他浩子,田中想不起来浩子姓什么了。他们最常去的是南山,就在他家的南面。除了冬天之外,每一季都是上山的好时节。要等到暮春,山上的树叶开始从嫩绿转成深绿,槐树开了花,花香一直飘到街道上，浩子拉着他上山。南山没有多高，只是比小山丘高一些，他们顺着铺好石子的山路慢慢向山上跑。浩子手里拎着一个布袋子还有一根顶端绑着铁钩的木杆，他奉母之命去采槐花。浩子找到一片最繁茂的槐树林，把木杆举到最密集的花枝头，用力一钩，一大束白花落到地上，田中捡起来放到袋子里。这事并不像看上去那么好做，田中试了好几次都没钩下多少。浩子几岁大就跟父亲上山采摘槐花了，他母亲会用槐花做馅蒸包子的。

"好吃。我回日本以后再也没有吃过。樱花也能吃的，不过我们是不吃的，花开的时候带着便当在樱花树下吃饭。"田中哈哈笑着。

"你一定要尝尝槐花，不然就不算在这儿扎根。"田中说，"你看，我从小就吃过，我是日本人，也是中国人，对吧？"

小林点着头，这种出生在中国的日本人，他见过不少，前几年还成群结队地跟着旅行团来寻访故地，几乎每个人头上都戴一顶米色的渔夫帽，这些游客看上去像一群钓客，专门跑到这里来钓鱼。现在那些人年纪大了，已经很少出现在游客当中，再过来的日本人是来学习汉语的留学生和在日资企业工作的人。

大刘一早到店里来就说:"绿潮来了,比那个赤潮还邪乎,海都快被填满了。"小林透过窗子往海上看,海面几乎被绿色给覆盖了。最近看海的人会有点儿麻烦,只能待在岸上,不能下海游泳了。几条小船已经在海上打捞绿藻,新闻里说这种生物叫浒苔,繁殖起来无边无际。

中午时分,来吃饭的游客大多手托一个装着绿藻的玻璃瓶,已经有人在拿绿藻来做旅游生意。一个女游客问小林:"这个能吃吗?"

"海水污染的时候才出现这些东西,有毒。"这跟店里的海藻丝是两码事。

"看上去挺好看的,就像水塘里的莲叶似的。"她说道,有点儿惋惜。有毒的东西也能很美,不过不是与其他生物共生,而是来消灭它们的。

田中先生已经两天没有露面,可能是太太回来了,小林猜想。田中看上去很健康,那根拐棍基本上没什么用,他走起路来很快。据他说那是上山的时候捡到的树枝，自己打磨变成一根精致的拐杖。田中先生喜欢做这些手工，还送给小林一把榉木汤勺，比商店里机器旋出来的好得多。小林用豆油涂满木勺，反反复复好几次，直到油脂浸到木头里，那勺子变得亮亮的，仿佛上了一层清漆。

最近两天海风很大，游客少了，店里的生意也随之清淡起来，小林和几个伙计也能休息一下。小林自己从开店起就很少有休息日，春节休了三四天也是赶回老家看望父母，其中还有不少时间花费在路上。

他走出料理店，往海边走去。风的确很大，除了台风，他还没遇到这么大的海风。他背对着风倒着走，来到山崖下避风的地方。海面上浮着一片浒苔，随着海水剧烈地摇晃。有的被吹散了，向远处飘去，又从远方飘来一些填补了那些空白。它就是一张绿网，密密地连接起来，还随时都在修补破洞，鱼、虾、螃蟹怎么可能冲破它的围堵呢。有几只小木船系在岸边的水泥桩上，也被风吹得乱转。清理还在进行中，完全消灭这个不断膨胀的家伙不知道需要多长时间。

一个跟他差不多大的年轻人正站在海边，海浪打过来，把他浇透了，他不但没躲，摇晃了几下又站直了。

小林冲他喊:"快躲开。"风浪太大,那人根本听不见。小林正想跑过去拽走他,一个大浪把年轻人卷到海水里,他挣扎着往外跑,总算趔趄着跑到岸上。

小林走过去问:"你是想自杀吗?"

年轻人脸上还带着惊魂未定的表情说:"我特意来看海浪的,没想到这么厉害。"

"单靠想象就不存在危险了?"小林为他的冒失担心,这样的男孩他遇到过不少。自杀的也遇到过,有人救起过一个自杀的姑娘,把她带到料理店来取暖。喝下小林递过来的热茶,她还是一声不吭,看来是真的绝望了。大家也没继续追问,害怕触到她的伤心处。等到小林和那个救起姑娘的男人聊起玉灵岛的风景时,那姑娘哭了起来。她是因为失恋才跳海的,大家都慨叹起来,人这时候脑子里都打了死结,怎么也出不来。姑娘平静下来,她朋友过来接走了她,他们知道她不会再想去死了。

天空一晴朗,人就多了,比原先多得多。小林他们也跟着忙起来,还临时多雇了几个服务员。正是旅游旺季,中午和晚上经常要排队等座。小林听到有人跟他打招呼，眼前的座位上坐着田中先生的太太。她独自过来让小林很意外，他问她："田中先生怎么没来？"她眼睛红了，说："他不在了。"

小林不知道该说什么，他还没完全反应过来。以田中先生的年龄，这种事情随时都可能发生。小林要送田中最爱吃的三文鱼寿司给她，她摇摇头说："我吃海鲜过敏。"

"是要留在这里还是回国安葬？"小林问。

"他最喜欢这里，这是他出生的地方，他是把这里当成故乡的。可他还得回去，跟家人在一起。"田中太太说。

"那您怎么办呢？"

"我也要离开这里了，我是为他留在这儿的，我不能吃海鲜也不会游泳，海对我来说除了跟他有关就什么都不是，而且，我也不是他太太，离开也就都能放下了。"

小林说不出话了，田中先生时常把"我太太"挂在嘴边，他一时搞不清这是怎么回事。

田中太太几乎没吃什么就起身告别，小林仍然改不了口，还是称她"田中太太"。不知道她会去哪儿，大概是一个看不到海的地方，在那儿她的生活将重新开始，就像那个想自杀的女孩，也可能淡忘了那个伤害她的人，何况田中太太更幸运一些，她还有值得记住的回忆。

(2017年)

简　单

1

我能离开所有可以远离之处，却离不开我那些瓶瓶罐罐的家当。从一只旅行箱开始，扩充到一辆中型货车。

她不仅离开了，还全都舍弃了，屋子里所有的东西都丢掉了，手心里只攥了一张卡。手机嗞嗞地响个不停，从桌面掉到地上。她走过去，捡起手机，把手机卡抠出来，随手扔到马桶里冲掉。从那一刻起，我就联系不上她了，我们所有人都不知道她去了哪儿，要干什么。

从我的朋友圈子里突然消失的人不算少，只要一按手机上那个删除按钮，他们就不见了，失去了踪影，虽然电话号码没变，住址没变，工作的地方没变，却真的不见了，断了联系与真正消失没什么分别。

我就是不太理解，她完全可以删掉QQ、微信什么的，不喜欢谁拉黑就行了，用不着直接放弃手机。我有点儿惦念她，也有点儿担心，我们是朋友，虽说身边的朋友在不停地更迭，来了走了，却总有那么几个让你惦记着，他们让你放松，同时也带来烦恼。

起初我有点生气，伴随着被突然遗弃的沮丧，我当然想知道这种不辞而别的原因。后来，这些情绪都淡了，我们都试着控制自己的情感，不让它溢出设定的界限，这样就不会有受到伤害的感觉。每天的生活都紧绷绷的，让人有一种错觉，好像什么人随手一划，指甲尖都可能划断这根绷紧的细线。现在很好，我们很坚强，无论男人女人都别想让我们受伤，我们也伤不到他们。

可我没那么侠义，她当然更差劲儿，我们能拯救自己就不错了，顾及不了太多。一首老歌里说："只要人人都献出一点爱，世界将变成美好的人间。"这当然不现实，还不如说只要人人管好自己，这世界将变得更太平，当然，这同样不现实。我知道，她是那种不愿意给别人添麻烦的人,什么都宁愿自己担着,如果她发出求助信号,就说明已经完全没辙了。我乐意她来麻烦我,那是一种我愿意负担的麻烦,是对于我们之间友情的提示。可现在,她宁可完全放弃,也不想麻烦别人了。

2

只是在偶尔的场合,我想到了她,是我们共同的一个朋友提起的,那是在另一个共同朋友的婚礼上,我们俩,小周和我坐在一张桌前。

"你知道小朱的消息吗?"小周问。我们彼此这样称呼,我是小刘。

有时候我会胡思乱想:"她走得这么决绝,是不是已经不在人世了?"她迟缓地说:"这话也说出了我的疑虑。"

"不会吧,对我们绝情也不见得是她不想活了。"我说,"我大学时候的老师有一天突然不辞而别,听说是陷入了中年危机,一个人骑自行车周游世界寻找答案去了。"

小朱也可能做出这种事,危机无论在什么阶段都可能发生,也许是情感危机,这种可能性最大,不过她一个字都没吐露过。小朱对我们都这样,什么事都隐瞒得密不透风,那种互诉衷肠的闺蜜关系从没在我们中间存在过,我们不交换秘密。

小周和我共同假想了那个扔掉手机卡的情景,或许她还扔掉了手机。不过我们没那么想,还是希望她的突然失联只是针对故人的,她只是换了一张新卡开始新的生活,这样她还有活着的可能。

新人正在给宾客敬酒,新娘看上去脸色依旧,她抹了不少腮红,新郎有些摇晃了。我们坐在边侧的桌前,离那个旋涡尽量远点儿。

"你不觉得还有一种可能吗?"小周说,"她并没有扔掉手机或拆下手机卡,她只是丢了手机,不小心或是被人顺走了。我们是不是总把事情想得太糟了?"

"这也说得通。可是,她怎么连家都搬了呢,收拾得干干净净,不留一点儿痕迹,我觉得这是这个猜测不合理的地方。"

"搬家的路上丢了手机,这就解释得通了。她不联系我们,是找不到号码了,现在手机时刻在握,谁还去记住电话号码呢,只有我妈那样的人才在打电话的时候带着老花镜去翻那个破损的小本子。手机要是没了,你就会有世界瞬间崩塌的感觉。前两天我没带钥匙，还没带手机，也没有一分钱，只是出门扔垃圾，虚掩的门被风一刮，锁上了。我连我老公的电话号码都记不住，只能坐在门口等着。幸好他早早回家，要不然我得费尽周章，或是只能等待。"小周说。她还在坚持不懈地寻找一种让我们安心的答案。

"好吧，你说得有道理。但是除了等待，我们也没别的办法。我们不是她的家人，也不是室友，报警后才知道那只是一场虚惊，万一她回家团聚了呢？等吧。"我说。

"等吧，只能如此了。"她叹息了一声。

在我们这个朋友圈里，不再有人提起她了，毕竟这种离开的方式不是所有人能接受的，不再谈论就是要把那些对她的不满逐渐消除，何况我们真是忙得没工夫，我们自己生活中各种焦点在不停变换，如果哪一天我从这个圈子里消失了，也会是这样的结果。

3

星期天我去商场买鞋，看中一双小白鞋，售货员说那是他们专柜卖得最好的一款。"你看这位小姐穿上是不是很好看?"她说的那个姑娘系好鞋带,站起身来回走了几步。她身上的呢大衣很长,快拖到脚面上了。不过一点儿不显得邋遢,我很少看见有人把白鞋和大衣搭配得这么好看,尽管穿小白鞋的人满街都是,我也不能免俗地想买一双,当然我是借机穿平底鞋,让脚舒服一些。

当我抬眼看那个姑娘的时候,差点儿喊出声来,那就是小朱啊,一模一样,连披肩、直发,还有笑起来的样子都一样。我说:"你怎么在这儿?"就差过去拥抱她了。那姑娘困惑地看着我,好像没有认出我来。这才几天,小朱就把我们忘了,这有点儿不可思议。我和那姑娘相互打量,她伸手把滑落到脸前的一缕头发别到耳后,露出了右耳。那耳朵的上耳廓有点儿尖,还略有些招风耳,这解释了她困惑的原因,她不是小朱。

小朱的眉眼看上去跟这个姑娘一样挺周正的,其他的就没有特别的让人难忘的特点,比方说她的耳朵,也可能长得规规矩矩的,我没仔细看过,如果她也长了这么一对小妖似的招风耳,我一定会记住,我们也肯定要拿她的耳朵开玩笑,直到她用长发彻底遮住这双耳朵为止。

小朱一直都扎着马尾,她跟我们说是图省事,早晨起来简单捋几下,拿发箍扎起来就完事了,她没耐心去盘、去卷、去拉直,甚至剪发都自己动手。我们问她:"节省下来的时间是跟男朋友约会吗?可是,你对头发这么不经意,男朋友会怎么说呢?哪个女孩不是精心打理她们的头发,来讨男朋友或是潜在男朋友的欢心呢?"不过,她好像没怎么缺少过男朋友。

姑娘直接穿着小白鞋走了,售货员把她刚才穿来的鞋放进盒子里,看着这姑娘拎着一双旧鞋,顶着一对小妖耳朵离开,我对小朱突然消失这件事不再介怀了,我真心希望她快乐,希望她那努力掩藏的缺陷有一天像毛衣上破损的窟窿那样一圈圈脱落,直到露出那个真实的自己,让她整个人慢慢地放松下来。

4

春天来得总是很突然,根本就不像春天。连羽绒服和大衣还没脱掉,花园里的桃花就快要凋谢了。本来我们几个约好去某个新开张的咖啡馆,上个周末我看见那里排着很长的队伍,保安每过一会儿把隔离绳拿开,放一拨人进去，在经过奢侈品店门口的时候，我们见过这种排队的情形。我们没钱买那些东西，但排队喝杯咖啡倒不算什么。

"今天的天气这么好，我们出去晒太阳吧。"我说。我们脸色苍白不全是涂脂抹粉的结果，除了办公室里常年灯光的照射，我们真正晒到太阳的时间很少。

动物园里挤满了人，大多是年轻父母带着孩子来的。他们要么走得很慢，耐心牵着那个蹒跚学步的幼儿，要么就跑起来追赶在人群里钻来钻去的半大孩子。林木中间不宽的人行道走起来很费时间。尽管我们内心里不耐烦，可想到本来就是来晒太阳的，干吗急着赶路呢，就索性慢下来随着闹哄哄的人群迟缓地移动。

熊猫馆前面人总是最多，每次过来玩儿，我们都要先到这里，可几乎什么都看不到，只好离开。可小玲不见了，在闹哄哄的人群里我们很容易走散，过一会儿就相互打电话，再重新聚拢起来。过了好一会儿小玲才找到我们，一见面她就说："你们能想到我看见谁了吗？"

"是小朱吧。"我们几乎同时说出，还能有谁能引起我们一致的注意呢。根据小玲的描述，就在我们使劲凑近想看熊猫的时候，小朱离我们很近，她跟一个男人在一起，正聊着什么。小玲说她刚想打招呼，他们就离开了。

她跟着他们，像在电影里看到的侦探那样，离得不太远，但也不能跟得太紧，偶尔躲在树身后面以免被发现。他们走得挺快，从那些不感兴趣的动物馆飞快经过，来到了大象馆。那儿有一头小象正在画画儿，饲养员把蘸上颜料的笔递过去，小象卷在鼻子上往画纸上胡乱涂抹。那些颜色乱七八糟地堆在画面上，可看上去并不难看。小朱和那个男人笑得前仰后合，不知道那男的说了句什么，小朱就开始追打他，他们跑着跑着就不见了。

如果她不愿意见我们，找到又能怎么样，我一直是这么想的，别人有意找她，我也不说什么。但是，有了上次的经历，我不再那么肯定地认为酷似小朱的人就是小朱。小朱长得挺好看，可像她这样好看的女孩很多，彼此眉眼气质都相似，你要把她们分别辨认出来不太容易。这种情形不是只发生在小朱身上，我也被当成过别人。

"那就是小朱，她只是没看到我，"小玲说，"不过，她如果就是想失踪，我们确实没必要找她，可我还是挺好奇的，而且她身边那男人是谁，看上去不像我们同龄的人，他的外表虽然看不出什么，可就是让人感觉不年轻了，四十左右？我猜差不多是这年纪。"

要不是今天这件事，我们不会再提起小朱。事情就是这么奇怪，一个想消失的人，却以这种方式重新回到我们中间，尽管她自己并不知道。

5

小朱是那种总在恋爱中的女孩，也就是说身边总有男孩，对于那些男孩，她有时为我们做介绍，有时干脆什么都不说，所以到底是不是男朋友，谁都说不准，我倒觉得她与他们的相处方式像是哥们儿，当然，别人大多不这么想。

这些男朋友从来不参加我们的家庭或是情侣聚会，小朱也只是跟我们这些女性朋友聚一聚。她是有那么点儿怪，不过这并不妨碍我们相处，或许我们的怪在其他方面。

她不加入任何争论，总是笑而不语地看我们争执或是闹别扭。如果你找她帮忙，她完全当成自己的事情去办，只要不是情侣之间的问题找她调节就行。向她倾诉时她倒是不拒绝，可很少说话，大部分时间只是在听，等你说完了觉得痛快了，才发现她早就闭着眼睛睡着了。我们也适应了她的方式，那种时候我们需要的只是一个倾听者,一个左耳朵进右耳朵出的陪伴者。

我有时也怀疑自己的评价对小朱不太公正,其实说她不仗义也只是就她突然失踪这件事而言的,她比我们之中的任何人都更体恤别人。几乎很难从她嘴里听到拒绝的话,就是做不到也直接告诉你原因,那是真正的原因而不是托词。

但是,体恤并不见得是对等的,也会有人生她的气,还有人根本不会从她的角度想问题。比方说一同租房的室友,可能把各种家务推给她,懒人眼里是没什么事值得做的,就是住在垃圾堆里也没觉得有什么不妥。小朱就不同了,她有点儿洁癖,灰尘自不用说,每天她都要打扫干净才能安心睡觉。屋子里成双的东西放置得不对称,她总会过去重新摆好。遇到一个懒惰的室友她就一直代劳,直到实在受不了对方的脏乱差才搬家。这样的人算是通常意义上的好人,不过好人也有忍无可忍的时候。我们也让她忍无可忍了吗?

6

在很少回家这件事上,我和周围的人十分相似。我说的是除了春节之外的时间。我们的确陷在了工作当中，却也并非完全没有时间，假如思乡心切的话。这次我得回家一趟，我要结婚了。男友和我同在上海，我们来自同一个小城。婚礼选在海边的一家酒店，男友的奶奶拉着我和他的手哭了，她一直在等待长孙结婚的这一天。

我表哥带着他的一个朋友也来了，那人很面熟，他先跟我打了招呼，我想起来了，他是小朱曾经的一个男朋友，差不多在一年前经常出入我们合租的房子。小朱的家也在我们这个小城，我们还是高中同学。

我们说到了小朱，就像说起一个普通朋友。我很好奇："你们真的是男女朋友的关系吗？"

"不是，"他说，"我倒是追了她挺长时间，她不拒绝我，也不答应什么，就这么拖了一段时间，我彻底联系不上她，后来我也从上海回来了。"

他这才知道小朱跟我们所有人断了联系。"这就是她，"他沉默了一会儿说，"不这么做，就很难从任何不喜欢的事情里脱身出来。"

"你打算去找找她吗？"我问。我也说出了我们这些朋友的担忧，如果他真那么喜欢她，也该为她担忧。可我也知道，感情这事飘忽不定，他是不是还在爱她有点儿难说。我没说小玲在动物园看见小朱的事，毕竟那人是不是小朱，我们都不确定。

"会的，"他说，"就算是朋友，也该找找她。"

那天他喝了很多酒，不但接受别人斗酒的挑衅，也在不停给其他人灌酒。表哥一再阻拦，还是很难制止。只能把他塞进车后座，提前送他回了家。

7

后来我知道他结了婚，当然不是跟小朱，他是找过她却没有找到，还是找到了被再次拒绝而死了心，这些我们都不知道。

结婚后我们在靠近郊区的地方买了一个小房子，每天奔波在路上，朋友相聚的时间就更少了。偶尔在街上还是会看到长得像小朱的姑娘，我会停住脚步，想知道那是不是她。那不是她。

（2018年）

夜　行

电话很晚打过来，没什么意外的，这早已是工作惯例。鼻音浓重的声音传过来，是秘书。总经理临时有变，只能李铭替他去北京了。

"九点半开会，您八点多降落才来得及。"秘书说道，她的语气里有点儿抱歉的意思。

已经晚上十点半了，本来他倚在沙发上已经处于半睡半醒的状态。他起身打开订票网快速查找，看看是否还有余票，这种突发的事情对他来说是经常性的，他像个救火员左奔右突地在几个城市之间飞行，有过三天转换四个城市的纪录。

幸好还有一张票，他点了确定钮，行程有保障了。行李箱就立在玄关，回家取出脏衣服后，其他都原封不动地放着。他打开箱子塞进两件衬衫，这种随时出发的状况成了他生活的常态，起飞、降落，连成一线。看到过灯火密集的城市轮廓，有时走出舱门时正迎向升起一半的太阳，逐渐散开的光亮把他从沉夜的灰暗里分割出来，雾霭在身后突然消失。不过，这种情况他也只遇到过一两次，却是他无数航行中最深的印象。

李铭给出租车公司打了预约电话，准备一会儿就出发，时间过于仓促，他决定到机场候机厅度过这个夜晚。机场大厅的人比白天少了一些，他找了个座位坐下，头倚行李箱迷糊了一会儿。这种姿势很不舒服，他一次又一次地从浅睡中醒来，看看时间，又迷糊过去。直到隐约听到广播里的声音，他掏出手机一看，已经五点，离登机时间不远了。他走向安检门，门口已经聚集了不少从瞌睡中醒来的人，他们毫无秩序地堵住入口，仿佛刚做了误机的梦，正心急火燎地赶过来，验证到底是不是真的发生了这等倒霉事。他听到了争吵，一个男人越过等候的队列径自走到柜台前。

"排队！"队伍里一个中年女子喊。

"我们都排半天了，怎么随随便便就插队。"后面几个人在附和，睡眠不足带来的焦躁情绪在人群中间游荡。

那个男人转过身，向他身后的人挥起拳头，拳头朝向天空，却充满威胁的意味。这个姿势使他看上去有点儿凶险，那拳头随时可能砸向他看不顺眼的人，也可能是离得最近的那个人或者声音最响的那个人会遭殃。他的光头上泛出青色，伸出的手臂上是一条刺青的龙，从手腕蜿蜒上去。他们还没有从睡梦中完全清醒过来，面对这只拳头有些发蒙，嘈杂的抗议声也沉寂下去。男人转过身，把证件递过去。他后领中央翘起一个暗红的东西，那是衣服上的商标，显然，他走得过于匆忙，连衣服都穿反了。这个扎眼的小标牌瞬间瓦解了刚才充满暴怒的紧张感，李明微笑了一下，他身旁一个男人也在笑，他们目送那个男人走进安检门，女安检员手里的检测仪仿佛一个无形的笼子把他罩在里面，他乖乖地站着，刚才的嚣张不见了。李铭看见安检员脸上的笑容，他觉得她肯定也看到了那个商标。困倦的空气裂开一道缝隙，橙红的光晕露了出来，那是温和、轻松，同时又是充满幽默的颜色。

人们安静下来，一个接着一个地走进安检门。前面灰白头发的男人把行李放到传送带上，夸张地举起双手，检测仪围绕着他的身体上上下下地滑动，这幅景象像是警匪片，警察挥动警棍，命令劫匪举手投降。不同的是，此刻这个男人的脸上并没有沮丧，而是焦急不安，只要安检员放下那个仪器，发出合格的指令，他就会立刻飞奔起来。干吗要这么着急呢，还不是到点才起飞？先上去的人也得等着，直到所有人到齐。可他迟迟没有过关，负责监测仪器的人指着屏幕让旁边的同事看，他们反复研究好像还是没搞明白，就命令这男人打开行李箱。他按照指示去取可疑物品，那是一团纠结在一块儿的电源线，不知道那是电脑、手机还是其他东西的。安检员摆了摆手算是放行了，他松了口气，又把这团乱糟糟的电线塞进箱子里。

还好，所有人都顺利登机，他看了看表，不到六点。如果顺利，按时到达会议地点不成问题。他还要在飞机上睡一会儿，昨晚的一番折腾让他的头脑变得迟钝，得抓紧时间恢复精力。飞机爬升到高空，云层之上一片澄明。仿佛时间原本就在这样一个微蓝的透明体里，从未有过黑夜，也没有过黎明，日复一日，静谧停滞。电视屏幕上照例播放安全演示片，是动画版的。随后跳进家庭滑稽录像，一个婴儿在反复地笑，只要听到撕纸的声音就笑得停不下来，撕纸有什么可笑的，小孩真是不可思议的物种，什么都能让他们发笑，任何东西在他们眼里都能触发笑点，就像一种化学反应。

他睡不着了，戴上耳机，挑选飞机上提供的电影。空姐推着饮料车走过来，他要了一杯咖啡，索性让自己彻底清醒。咖啡是速溶的，极其难喝。现在连家门口的便利店都提供新鲜的研磨咖啡，在这儿还得凑合，没有选择。在飞机上不能要求太高，商务舱不也是那些玩意儿吗？要不你就饿着，这是一个同事说的，他倒真是宁可饿着。如果按时到达，他还能在机场吃早饭，会场离机场很近。他把毛毯裹在身上，找了个舒服的姿势继续看电影。

还有四十分钟就该降落了，几个空姐匆忙地往驾驶舱方向走去。随后是机长广播的声音，飞机不能降落，北京上空有雷电，他们只好在另一个机场备降。"我们深感抱歉，为了乘客们的安全，我们只能选择最稳妥的办法。"机长的声音听起来毫无感情色彩，与他通知飞机将准时到达目的地时没有丝毫区别。他又用英语重复播报了一遍，几乎每个英语单词的语音都带有卷舌音，就像一堆堆缠绕在一起的乱线。他费力地辨别着，这已经不是英语，听上去更像是一种奇怪的语言，来自另一个星球。

四周都是抱怨的声音，所有人都忘了前方的危险，他们对拖长了的旅程感觉到厌倦和气愤，谁都知道无论说什么都无济于事，可还是想发泄一下。"起了个大早，赶了个晚集。"身后的声音来自一个年纪不小的女人。她大概留着短卷发，焗过黑油，生气让她的脸变得很长。他没回头去看，只瞥了一眼旁边座位的中年女人，她睡得正香，无论广播还是别人的吵嚷都没影响到她。刚才他要咖啡的时候，这个女人要了葡萄酒。乘务员微笑着记下来，他看得出姑娘用不动声色掩饰住的吃惊。她很快就喝完了杯中的酒，随后噔的一下，倒在座位上昏睡过去。

飞机降落了，到了哪个城市还不太清楚，反正都要在候机厅等待，天底下所有机场都一个样，在里面几乎看不出北京和纽约有多大区别。乘客都排队往外走，身边的女人依然酣睡，他想象她被叫醒后的表情，那种迟钝的、完全搞不清状况的神态。当她听到临时降落的消息会做出什么样的反应？是在沉睡过后近乎空白的大脑里面费力搜索能够理解的信息，还是突然跳起来冲向机舱门？睡眠之前的记忆随着飞机平稳滑行，滑向预定的目的地，醒后却需要把断裂的记忆连接起来，重新寻找出发点。

春节他也遇到这么一回，大雾把整个城市都埋了起来，走在路上，前方的楼群隐约现出一点影子，立刻就被涌过来的浓雾遮住了。出租车司机犹豫了一下才让他上车，又在高架桥前犹豫了片刻，最后决定不上桥，还是沿着桥下的道路开过去稳妥一些。到达机场的时候，司机松了口气，转头告诉他："我要回家啦，天意让我休息，也祝你顺利。"

他当然知道不可能顺利，可出现这般周折事先还是没有想到。机场大厅挤满了人，每一处，安检口、问询处、候机口，他进了航空公司的休息室，里面的座位都满了，不少人站着。服务员不停收拾桌子，也不断有人在取用小吃。时间这么多，又没处可去，除了吃东西，看看手机，就没有更多可做的事情。人们都沉默着，以此掩饰心里的焦虑。

"小狗在哪里？"他身旁的小女孩不停地问。她母亲安慰她："没事儿，小狗睡觉呢，天气不好，它睡得更香。"

看到他在听他们讲话，小女孩的母亲对他说："听说前面的航班都延误了，到现在一架飞机都没飞出去。我们的小狗托运，正在货仓里呢。"她脸上现出忧虑的表情,担心女儿看到,她赶紧露出笑容。

"小狗跟其它小狗都在睡觉,醒了也没关系,它们可以互相说话。"他对小女孩说。

女孩看着他的脸,有点儿不相信,她倚在母亲的身上继续说:"小狗在哪里?"

一直等到下午,浓雾逐渐转淡,陆续有航班检票的播报声。他还在继续等,直到午夜十二点,他才登上飞机。在等待检票的人群里,他看见小女孩趴在父亲的肩膀上睡着了,他们的小狗大概已经跟着大件的行李运送到货舱里。

他走出机舱,等待重新检票。每个机场看上去都很相似,这让他产生了到达目的地的错觉。那个会议肯定是来不及参加了,他费尽心思熬了一个通宵,结果是这样一个脱离轨迹的旅程。事已至此,焦虑反倒消失了。事情似乎又回到起点,回到相似的地点。他又坐在椅子上,不知不觉打起盹来,直到身边嘈杂的声音再次响起,他站起身来,继续这个失效的行程。

(2015年)

鱼　刺

　　迟早，你会对吃饭这事儿感到厌烦的，我说的不是吃饭本身，食欲和饥饿感会经常提醒你该吃饭了，我指的是选择。选择吃什么和到哪里去吃，如果经常要面临几选一的问题，困扰就会出现。除非你对此没什么要求，可以忍受日复一日的单调食物，比如一天之中除了面条就是包子，或者是三明治、三明治、三明治，每天，食物在嘴里打个滚儿就进到肚子里，这就没什么好说的。

　　在吃什么的问题上我们又陷入僵局。我和他分别住在城东和城西，路途漫长，我们也只是周末才有宽裕的时间吃吃饭，看看电影，像大多数人的约会那样。这样约会已经差不多五年了，我们还没有住到一起，没结婚，也没分手。比起在这种人生大事上的选择，面对吃什么的选择题还是要简单得多。

我也不是始终都是这种无所谓的态度的,每到春天或是国庆节前后,都会有几个学员筹办婚礼。为了能在婚礼上光彩照人,她们都要求增加瑜伽课时,希望在那一天穿得进小一号的婚纱,结婚的照片和视频可是要保存一辈子的,她们想让自己看上去完美得像女神。其实谁都知道,在中国式的婚礼上除了吃吃喝喝,几乎看不到特别庄重的场面。也不能说完全没有,我的一个闺蜜结婚,婚礼选在一个酒店前面的草坪上举行,用各色气球扎成一道道拱门,鲜花遍布四周,新娘挽着父亲的手臂从气球门穿过,来到新郎的面前。比起饭店,在这样草木葱茏的地方,感觉完全不同。尽管也是人造世界,他们却像是第一对从自然界中走出来的男人和女人。她看上去太美了,她父亲脸上那种手捧珍宝的表情,让我的眼睛也湿湿的。

在主持人的提示下,两个人交换戒指,相互对拜后又拜过双方父母,在我看来,失控是从新郎讲话开始的。他感谢父母养育了他,送他留学,如今为了让他拥有自己的幸福付出很多。说到这儿,他哭了起来。你能想象一个身高一米八五的魁梧男人在这么多人的面前哭哭啼啼吗？他好不容易平静下来，蚊子又开始袭击宾客。尤其是穿着无袖连衣裙的女宾们，不时低头或是抬腿挠着被叮咬的皮肤。他们躲无可躲，只能耐住性子等待冗长的仪式结束后，赶紧四处走动以避免遭受蚊子的攻击。这之中也包括我，我的脸上鼓起一个包，那大概是野外的毒蚊子咬的。每一个过来跟我谈天的人眼睛都死死地盯着那个红肿的包块，谈话都变得词不达意，敷衍了事。他们自身也没有多幸运，有位先生的鼻子上也添了个包，他和妻子没等宴会正式开始就走了。无论多庄重的婚礼都是这么滑稽地收场，这让我的期待和想象也开始打了折扣。

这些准新娘经常跟我讨论关于婚礼准备的细节，她们有的比我年长一两岁，大部分年纪比我小。"教练，结婚的时候通知我一声。"她们这样说。

"我总当伴娘，等我举办婚礼的时候可能就找不到伴娘了。"有一次参加过婚礼之后我这么对他说，他是伴郎团的成员之一。"我还不是一样。"他说。关于婚礼的事我们没再讨论过，后来我们也就安于目前的状态了。

我刚在车座上坐定,他就问:"想吃什么?"难题来了,好像吃什么都可以,吃什么又都不令人期待。在这儿找得到任何想吃的东西,任何地域的,我曾经查遍各个特色小吃和餐馆,打算每次尝试一种,估计能吃上个几年。但是,过了一阵就兴趣锐减,不是新奇的才好,还要合口味。

发动机突突地响着,车头正迟疑地调整方向,只待决定一下就飞奔出去。但是,答案不会立即出现的,我们都清楚。车子开动了,我们要讨论一路,有时还要走点儿冤枉路才会有个差不多的结果。车子开到了海边,天色已暗,海浪击打在礁石上,几乎看不到行人,天气太冷了。一直开到餐饮一条街,我们最终有了决定,上海滩大饭店,在这条街的尽头。

大饭店并没有多大,整个大厅的色彩都做旧过,暗金色的天花板,圆桌铺着墨绿斜纹台布,墙上是老上海美女月历牌。服务员无论男女都是白衬衫黑马甲,座位差不多满了,我们在等候区翻看菜单,点了几个"本店推荐"的菜之后,我要了酥鲫鱼。又到了休渔期,吃的鱼大多是冰鲜的。住在海边,我们每季都要吃海鲜,鲫鱼虽然是河鲜,不过这道菜连鱼骨都酥软了,吃起来不费劲儿。

终于等到座位,可是还是在等待。菜上得很慢,我们只能喝茶。拖延了这么久,我们都感觉很饿,为了消磨时间喝下去的茶水,让胃更加空空荡荡。旁边那桌有一位喝多了,揪住另一个男人的领带不停质问,那男人快要被勒得窒息了,同桌的人过来拉开,喝醉的男人随后趴在桌前睡着了。另一桌分别是四男四女,按照性别各占一边。他们一直在聊,嗡嗡地响个不停。

菜还是没来。这样的事情不止一次发生过。费尽心思不停讨论,最后还是做了个随机的决定,并且是个糟糕的决定。他出去抽烟,直到带着一身烟味回来,菜才算端了上来,可我已经没什么胃口了。吃着那些并不地道的上海菜,我用筷子扒拉着盘子里几条小鲫鱼,做得不够酥烂,我把鱼肉剔下来,那根通脊鱼骨直戳戳地躺在盘中。

我们不是为吃海鲜而来的,何况酥鲫鱼不过是一道凉菜,一道点缀的前菜。但我们是多么喜欢海鲜啊,从小我就看到父亲下班回家一手拎包,另一只手上是两瓶啤酒,他下了工厂的班车,特意绕一段路,在小卖部买酒。不用说,母亲准备的晚饭里肯定有海鲜。我们的生活不宽裕，但是那些低价的海物还吃得起。那时候我们称之为"海物"，来自大海的食物，是生活给予我们的恩物。后来，为了跟那些昂贵的海鲜区别开来，这些小鱼、小虾、牡蛎、贻贝，我们统称之为"小海鲜"。父亲喝着啤酒，吃着热气腾腾的杂拌鱼炖锅，脸上放着光。不过，他还是得了痛风病，严重的时候无法走路。可只要一好转他就忘掉发病时候的痛苦，家里人不让吃，自己约工友跑到小饭店喝酒。星期天钓了几条鱼，让饭店老板给炖好，他们几个吃吃喝喝直到半夜。

邻桌的八位男女站起身，正在穿外衣。桌子间的过道有点儿窄，他们鱼贯而出，不时碰到我们的桌子。那四个女人差不多五十上下，穿着一模一样的黑色貂皮大衣，同样的鸟巢式卷发。不知道从什么时候开始，我们这儿流行穿貂皮大衣，其实冬天并没有多冷，如今时常经历暖冬。有个同事穿着她母亲的大衣来上班，一进大厅就赶紧脱下来。热死人了，她抱怨着，真奇怪这种衣服怎么成了标配，穿上都跟俄罗斯大妈似的。到我们这儿来旅游度假的俄罗斯人不少，冬天倒是不常见，那些人不苗条也不胖，在小商品市场挑选各种廉价的衣服和首饰。这四个身穿黑貂皮大衣的女人都不瘦，乌黑闪亮的貂毛炸起来，让她们的身形更加臃肿。她们像是商量好似的穿了同一款衣服，我猜他们大概是中学或小学同学，年龄相当，趣味也很接近。我看着她们的背影，刚要说话，嗓子却感到了刺痛，没有炖烂的鱼刺扎在我的嗓子上。

鱼刺深藏在鱼肉里面，发丝般细微。我见过剖开的鲫鱼，用手触摸鱼肚，纤细的鱼刺碰到指尖，有一点儿即将刺入的锐利感。现在，这个细小的鱼刺扎在我的嗓子里，疼痛和异物感若隐若现。

我从桌上拿起调味瓶，把醋倒进茶杯，据说醋能软化鱼刺。黑褐的醋汁像茶水那样流过喉咙，刺痛之处更加火辣。接下来试过热水冲刷法、口水吞咽法，很不幸都不怎么管用。我们不再吃饭，一心对付这根看不见的鱼刺。有那么一阵，疼痛感消失了，我正想松口气，嗓子里又被刺了一下，它再次出现，这回的疼痛不是点状的，整根鱼刺仿佛都嵌入喉咙，在里面来回游走。

我们匆忙结完账，开车到了医院。耳鼻喉科诊室外面有两个人在排队，我们也坐在长椅上等候。我探头看了看里面，一个女人正张开嘴，医生拿着医用镊子找着什么。

旁边的女人问我："你也被鱼刺扎了？"她问得奇怪，难道这些人的嗓子眼儿里都扎着鱼刺？没错儿，的确是这样。我忍不住笑了，这女人奇怪地看了我一眼，医生在叫她的名字，轮到她去拔鱼刺。

"这有什么可笑的，你还疼得不够？"要不是周围有人，他可能捂住我的嘴加以制止。不知是不是这根鱼刺触动我的哪根神经，我实在忍不住笑，我使劲儿忍着，不过，这事还是挺好笑的。

其实这没什么奇怪的，在海边吃鱼是常事，被鱼刺扎到也并不稀奇。说是疼痛，倒不如说是忧虑。我总是害怕鱼刺像缝衣针那样，穿过皮肉进入血管，再随着血液进入肺，进入心脏，像利刃那样立即发起攻击，这足以致命。平时只要一用过缝衣针，母亲都会追问："针放好没有，千万当心。"对于这些尖利的东西，我都会感到恐惧，吃鱼也只吃没有杂刺的，用过的针，针孔一定缀着一段棉线，然后小心地扎进针插。看见老鼠我就害怕，不是它们的模样有多吓人，而是我认为它们身上的毛就像是针刺一样，尽管并不硬，却密布病菌，被它们碰到了就会感染鼠疫。

刚才那个女人出来了,手里拿着处方,显得很不开心。

"嗓子有点儿化脓,这鱼刺花了我二百块钱,比吃的那条鱼贵多了。早知道这样还不如吃鱼翅。"她捂着嘴走了。

终于轮到我坐到椅子上,医生头戴窥镜,像个矿工。他把上面的照明灯拧亮了一些,开始示范配合治疗的要领:"把舌头伸出来,嘴巴尽量张大,使劲儿地'啊',哎,对,舌根放松,我要看鱼刺到底在哪里。"

我刚伸出舌头,他就用纱布裹住用力往下压,结果那个"啊"变成了"唉"。他用镊子探来探去,过了很长时间,还是没有发现那根鱼刺。我就这么"唉"着,直到他喊停。

医生拿掉纱布,宣布诊断结果:"没有鱼刺。"

怎么可能,我一直感觉它在那儿,时不时地刺我一下,它怎么可能不见了呢?

"一切皆有可能。你觉得疼,可能是喉咙被划伤了。"医生说。

我被折磨了这么长时间，却什么都没发现，什么都没有。这本来是好事，可我一直等待的是医生用镊子慢慢取出那根鱼刺，在灯光下展示它细小而凶残的模样。那半透明的、几乎难以察觉的鱼刺，在鱼的身体被分割下锅烹煮了之后，依然代替鱼活着，在鱼肉即将落入人腹的时候它狠狠刺入人的喉咙，完成了报复。在此之前，我那么忧虑，忧虑之中又隐含期待，期待看到这个鱼刺的秘密复仇计划如何被挖出，如何被中止。然而，这些都没发生。

　　他看出我的失落，我们都了解彼此，哪怕是像鱼刺那么微小的心思："你期望真的被扎吗？"当然不是。不过，折腾了一晚上，等来的是这样一个结果。在我们商量来商量去地浪费时间选择吃什么的时候，怎么也不会想到如此这般结束了一次约会。现在，那根看不见的鱼刺可能躲在我的胃肠里，它已经变得无害，至少不会带来生命危险，并且正在等待时机离开我，适时地离开。

（2011年）

芒 果

  我的第一张画儿画在图画本上,就是那种纸质粗糙、用蹩脚的宣传画作封面的本子,如果你有心去找,现在还能找得到,只不过多年之后再重新印制,那些人物的表情动作看上去还是一本正经,却有了点儿滑稽的味道。大眼睛,胖乎乎的圆脸,全都咧嘴笑着。男孩一律平头,女孩扎着羊角辫,要不是因为发型,还真看不出男孩女孩有什么不同。他们搀扶老人过马路,或者手持铁锹铲土种树。这是我第一次真正作画,之前在墙上地上的胡乱涂抹不算,那种涂鸦到底什么时候开始的,连我自己都不记得了。不记得的还有美术老师长什么样子,已经完全没有印象。那是个女老师,从小到大没有几个男老师给我上过课。

  美术老师走上讲台,小心地打开一幅画儿,那上面是一个黄色的椭圆体。她用图钉把画儿按在黑板的木框上，转过身，非常郑重地说："今天，我们画芒果。"

我从没有见过芒果，没有照片，就只能从这张画想象它的真实模样，但是，这种想象是徒劳的，在北方，气候无论如何也达不到热带水果的生长需要。这种介乎蛋黄和橘子之间的黄色让我感到陌生，芒果的色彩有微妙的层次渐变，对于六七岁的孩子来说，色彩都是单纯的，也就无法理解光线在其中所起的作用。老师坚持要我们在芒果背光的一侧画上阴影，"没有影子的东西是不真实的。"她说。我还是不能理解她这话的含义，相反的，我们之中几乎没有人不被影子吓到过。在我们看来，影子是鬼怪的行迹，人为什么要在晚上拖着这样一个与自己动作、高度一致的可怕黑影？影子当然是真实存在的，可是这种存在又隐含着虚幻，你怎么也没法儿用自己的脚踩住自己的影子。

按照步骤，我们先用铅笔勾勒出椭圆形，在它的右下方再画一个椭圆，两者的中间部分重叠。只是靠下的这一个更扁一些，像一颗枣核。"现在，擦掉阴影最上面那根曲线。"老师发出指令。有人没带橡皮，只好用铅笔顶端的橡皮头来擦，结果留下黑乎乎的痕迹，这看起来倒是挺像阴影的。她用手指点着第一排那个男生的图画本,他总也画不好,老师只好亲自动手去改。对于她来说,亲手示范大概比不停地讲解更能奏效,她似乎是一个话不多的人。现在回想,她那句关于影子和真实性的话,很可能是我杜撰的。既然忘记了她的真实面貌,我的记忆就开始自动虚构,以补足这件事在记忆中缺失的部分。

我翻来覆去地端详这两个椭圆,看着污迹斑斑的画面,先有了一种挫败感。周围那些家伙画得也都差不多,出了汗的手指蹭到铅笔的印迹,线条立刻就模糊了。面对一个色彩诱人的水果,你却不知道它是甜是酸,有没有核,是不是要削掉果皮,它的汁水是否会流淌到指间,果肉是不是结实甘美,这些你都不知道,却要把它画出来。我们渐渐失去了热情,机械地执行指令,画出一张张丑陋干涩的水果画,明黄色的蜡笔也遮掩不住那些污痕。几个男生趁老师转身的时候,互相嘲笑着别人的大作,他们很狡猾,知道在谁的课堂上可以放肆一下,又不让老师抓住把柄。

在我们作画的过程中,老师沿着座位中间的过道巡视着,她拿起一个女生的画展示给我们看。那张画干干净净的，漂亮程度接近黑板上张贴的那幅示范之作，这个女生细眉细眼，皮肤很白，剪了齐耳短发。几个男生嘴里发出啧啧的声音，他们是不会放过任何能够起哄的机会的。

一阵敲击的声音，很用力，却有一种空洞的回响，所有的脸从不同方向转向发出声音的地方，美术老师正敲着桌面。谁都知道这是一种警告，教室里安静下来，那些盯住同一个焦点的眼睛都透露出同样一种神情，期待事态进一步发展。

"你看仔细了，芒果是这个颜色的吗？"站起来的是刘涛，他看上去十分困惑。

"告诉我这是什么颜色，这又是什么颜色？"老师的左右手分别拿着天蓝和鹅黄两种颜色的蜡笔，听得出她在极力保持耐心。

"都是……黄色。"刘涛有点儿犹豫地回答。周围一片惊呼。怎么可能，傻子都看得出那不是一种颜色，这个我们班里最会捣蛋的人，看上去并不傻。

老师没再说话，她拿走了刘涛的画儿，很快卷起来，走回讲台。下课铃响了，看到老师的背影消失在走廊的尽头，我们开始相互打听，到底发生了什么事情。

为什么看上去有些生气的老师不发一言,让这个事情结束得莫名其妙。"他画了一个蓝芒果。"刘涛的同桌说。至于老师为什么没有责令他重画,我们也搞不懂,可能是拿他没办法吧,后来我们才知道,他是色盲。

在那之后我当然见到了真正的芒果,经过多长时间我记不得了,可能很多年以后吧。我品尝到它的滋味,知道芒果的颜色除了鹅黄,还有橙色、青色乃至橙红相间的。蓝色的芒果的确从未见过,那种天蓝色在水果中是罕见的,是不是完全没有,我也不知道。我只是想到,在刘涛的眼睛里一堆芒果到底是黄色还是蓝色的。假如我们见到的是蓝色的海,他所看到的会是浑黄的水面吗?

要说是画芒果让我感到挫败,从此就再没画过什么,这样讲有点儿夸张,我记不清到底是因为这件事让我对画画儿感到畏惧,还是画得不好得不到鼓励,但此后我的确对画画儿没多少兴趣,而且认定自己天生就不适合做这个。我对色彩的理解依然停留在那个最初步的阶段,当我女儿要求我在图画纸上画一个小孩的时候,我发觉自己画了上下两个相邻的圆圈儿,又为下面那个代表身体的部分增添了四个枝杈，那就是胳膊和腿了。我为自己的画技感到羞愧，连我女儿都比我画得更好。好在她立即看懂了那是什么，公共厕所的标识就是这样的。我会用各种办法应付她难度渐增的要求，比如画马画狗画花儿，趁她稍大一点把她送进了少年宫的美术班。自此在这种事情上我才算是得到了清净。

那天回家后，我哥问我在学校都做了什么，我取出那张脏兮兮的画给他看。"哇，这荷包蛋画的。"他笑起来。叉着腰，手掌搁在腰带的一侧，他已经长得跟我爸一样高，撑得起那件旧制服了。

我感到沮丧，同样一张画儿，在他眼里怎么不是芒果，却成了荷包蛋呢。听到我的辩解，他笑得更响了，随后又说："这是神果，常人是很难画得像的。"我知道他这是安慰我，美术老师和那个女生就画得很像，他们也是平常人。从他这里，我总算知道了画芒果的原因。听我说到蓝芒果的事儿，哥哥脸色变了，说道："他怎么能这样对待神果，你知道神果来到人间多不容易吗？老师这样放过他是不对的。"

他大我七岁，我妈说他吃起东西来从来不知道谦让,好像年纪比我还小似的。那会儿我们也确实没什么好吃的零食,一旦得到就各自紧紧攥着。我妈拿着菜刀平分那些东西,苹果一分为二,连劈开的果核看上去都一样大。还有些东西很难平分,如果有三块饼干,我们各自得到一块,剩下这块,假如用手掰开,肯定不会均等的,我妈还是用菜刀尽可能切成大小一致的两部分。可是,饼干易碎,这一刀下去碎成几块,还落下不少碎渣。我们只能胡乱分掉那大大小小的碎块,剩下的渣子我哥也拢了拢吃掉了。只有当别人想要欺负我的时候,我这个哥哥才有点儿用,他打架的实力无人能比。后来我能理解了,他那时比我需要更多的营养,无论多少东西都填不饱他的肚子。此刻他这么严肃,让我感觉非常不适应。他唇边已经长出短髭,但他的脸太过稚嫩,严肃的表情不但没有让他显得成熟和具有权威,反倒有一种不协调的滑稽感。

随后他讲了一件事情,和神果有关。对于他讲的这个传说,我将信将疑,但我也说不出来为什么不大相信。奇怪的是,对于传言我们却难以忘记,时间隔了这么久,我忘掉了很多亲身经历的事,忘掉了很多人,连美术老师的脸都忘得一干二净,却还记得这个传言。

"小山哥他们听说神果将会送到我们这里，就都想去看看。"我哥说。可小山哥这段时间惹事太多，至今脑袋上的纱布还没拆掉，也就没被选上去迎接神果。听说各个行业还有中学都派代表过去，场面还是挺壮观的。在城郊有个小机场，平时是不开放的，但是在那一天被确定为迎接的地点。你能想象得到，机场周围彩旗招展，每个人脸上都是激动的笑容。然而，飞机迟迟未到，天空突然又落下小雨，这些被浇湿了的人分外心焦。接近中午的时候，雨停了，太阳再次出现，整个机场都慢慢变得灼热起来。这时候他们看到了彩虹，心里更加激动了。在我们这个小城，雨后彩虹并不少见。不但是一个，有时候还会有两道拱门似的彩虹交叉出现在空中，这种奇观会作为谈资引起我们的谈论和猜想的。而平时大部分人是不大注意气候和天象的，他们匆匆地走路，忙着手中的活计，除了躲雨，以及按照气温变化增减衣服，没人有工夫长时间盯着天空看。但是此时，庞大的人群都朝着一个方向，他们同时见证了彩虹幻梦般的出现，它不可能只是普通的自然现象，而是某种预兆，某种寓意。

一个小黑点出现在天边，沿着彩虹滑了过来，机场边的人群开始躁动，站在后面的人踮脚眺望，还有的跳起来想看得更清楚。黑点移动的速度比人们的渴望更慢。那是直升机，有人高喊，所有人都挥动手臂，仿佛这样做就能召唤飞机快速飞近。我那时还从没见过直升机，只是偶尔抬头看天的时候，见到过一条白线在天空延伸，那是喷气式飞机，至于它为什么要在天空里画线，我不大清楚。那条线逐渐变得模糊，仿佛融化了一样，过了一会儿，又出现一条清晰的白线，再次融化。就这样一条或几条白线相互交叉，又不断融解，直到它们完全消失在云层里。

　　直升机近了，正在慢慢下降，螺旋桨飞速旋转，仿佛听得到它激起的强劲风声。人群的欢呼声也随之更加响亮，他们已经不再满足于挤在护栏后面，而是竭尽全力地伸展手臂，后面的人推动前面的人，前面的人不得不跨过栏杆，向机场中央聚集。场面看上去将要失控，但是，却并没有出现摔倒和踩踏的情形，人群像水流一样朝向同一个方向，没有谁能够停下，他们被裹挟着向前，可谁又愿意停下呢？人与人彼此很是默契，有序地朝着那个中心点奔跑。飞机越来越低，一股强烈的旋风吹动着靠近的人群，他们的衣襟在飘动，头发被吹乱了，奔跑的步伐也艰难起来，但是，这并不能阻挡这股热潮，人们在高喊，很多人在流泪，你能听到有些女生尖利的哭声传出来，这声音特别具有感染力，有两个男生突破人群跑在了最前面。他们挥舞手中的彩旗，如同将要占领阵地的勇士。

直升机准备落地，螺旋桨巨大的冲力让它的降落轨迹变得飘移不定，就在落地的刹那，领先的男生冲了过去，张开怀抱仿佛要抢先搂住将被捧出的神果。他突地倒在地上，紧随身后的人放慢了脚步，有几个人跑上前去想要拉起他，而他的手还是紧紧捂住脸。"没错儿，"我哥说，"那个螺旋桨碰到了他的眼睛。"

（2015年）

编　结

　　C 攒报纸，他是报纸编辑。当然，不是出于收集的癖好，完全是工作需要。路过报刊亭的时候，他都翻一翻那些成叠的报纸，晨报、晚报、时报、日报、周报，种类不少。看到可能对选题有用的就买下来，结果越攒越多。

　　这工作做了十几年，有时难免厌烦，可对于选题和排版，他还有兴趣。每次拿着主编签发的定稿，他都会欣赏一下当天的排版，心里还是有点儿成就感的。然而，这只是一刹那，随后是又一天，又一周，面对新的选题和近乎机械的重复流程。报纸就是这么来来回回地磨出来的，虽然新闻都过了时，可他在那纸面上不知耗费了多少时间。所以，他是不可能扔掉的，哪怕那是不关他什么事的别家的报纸。

　　但是，他还是发现家中的报纸少了。这些报纸堆放在书房，起初占据书柜旁边的一个角落，后来多了，纸垛随时有坍塌的风险，他又分门别类地放在地上，让他们一堆堆地在地板上升高、蔓延。他大致看了看，减少的报纸并不多，也不是特别明显。可他是一个细致的人，对这种变化还是觉察得到。不过他没多说什么，他没那么执拗，积攒至今也不过是一种行为惯性。在这之前，妻子打扫房间的时候，他说过"别动我的报纸"，听上去像警告，可当时的语气是随意的，这就算是口头协定了。自此之后，家人再清扫的时候就绕开这些报纸堆，顶多是掸掸浮尘，这样他就像一个被遗忘在玩具屋里的小孩，少了很多打扰。

那些报纸的可能去向还是被他追踪到了。雨季来临，天空、街道和正在舒展枝叶的树木都浸没在水汽里。几乎每天都下雨，淅淅沥沥的小雨，傍晚时分暂时停歇，路面闪着湿润的光亮，很少积水，不必担心打湿鞋子。也有例外，昨天下班路上，走出地铁口没多久，雨倾泻而下，完全没有预兆，他被暴雨浇了个透。水涌进鞋子，袜子瞬间鼓胀起来，一走动就发出咕叽咕叽的奇怪声音。街上的人四下逃散，谁也顾不得体面了。他逃回家，妻子早回来一会儿，身上没有任何被雨淋过的痕迹。看到他湿透的样子，她赶紧递过毛巾。他擦了擦脸和头发，吃力地脱下吸附在脚上的袜子，又卸下身上那些饱含雨水的衣服。一番沐浴彻底洗净了从天而降的雨水残迹，毫无疑问，雨水中夹带着各种污染成分。每天呼吸的时候虽然也有所察觉，但是被雨彻底侵袭后的感受更加强烈。那些黑色尘粒和腐蚀性物质隐身在透明的雨水之中将他重重包裹，渗进他的皮肤、他的头发，钻进他的鼻孔，与寒气一道向他的身体发起攻击。他突然打了个喷嚏，剧烈的震动由内而外，使得身体将要崩裂。他弯下腰，等到巨震消失再直起身时，裂痕又逐渐弥合，将他重新收束成一个整体。

妻子被这巨大的喷嚏吓了一跳，她正蹲在门口处理那双湿鞋。报纸被她塞进鞋子里，她展开另一张报纸把鞋子包进去。

"你这是搞什么花样？"他觉得奇怪。

"吸潮气呀，"妻子说，"你们的报纸还真管用。"看到他的神情她赶紧收声，这么说似乎有点儿不妥。

知道了真相，他却并没有多少不快。他没说什么，也的确没什么可说的。这些报纸堆放在书房时，在他看来像是一座沉睡的宝藏，只有他才知道宝贝藏身何处，可一旦脱离了他自己的情境，它们就只是纸，那些经过斟酌和反复修改的字词、语句，以及炸弹般的新闻都褪了色，如同泡沫还原于无尽的水流。想想看，这些让人早已遗忘的新闻还让他差点儿丢了差使。那是一次编辑事故，他在校对时没注意到少了一个"不"字，结果文章的结论变成相反的了。不光是他，连后面的校对者和主编都同样忽略了这一点，他们的眼神就那么轻易地滑过，溜向一个相反的方向。当然责任还是在他，除了罚款，他还在大会上做了检讨。这事过去很长时间了，现在想找出那张报纸都得费点儿劲儿，而处分这事，连他自己都忘得差不多了。

承认他对报纸并没有自认为的那么在意，其实也并不怎么困难。堆积和保存这些报纸不过是一个借口，掩饰他的懒惰。既然它们有点儿作用，就拿去好了，总比直接扔到垃圾箱里感觉好些。后来他才知道，报纸还在家事中做出不少贡献，他只注意过妻子拖着吸尘器到书房，报纸除了阅读还能做什么，他不知道，直到看见她擦玻璃。妻子先用湿布把窗玻璃擦了一遍，然后团起报纸使劲儿在上面擦拭。浸着油墨的报纸擦掉了玻璃上的尘垢，玻璃霎时变得洁净透亮。后来，他在冰箱里看到了报纸，裹成一个纸包，打开来看，才发现里面是绿叶蔬菜。那些青菜不仅保持着水润的状态，内芯里的嫩芽似乎还在悄悄生长。

在他经过的地方，已经很难看到人们捧着报纸在看，在地铁车厢里，十之八九的人眼睛盯着手机屏幕。很难把他们的眼睛短暂地从手机引开，偶尔有一个盲人穿过一节又一节车厢吹着口琴乞讨，引领他走路的那个人颠动手中的金属小盒，里面的硬币格朗格朗地响着，大部分的眼睛还是专注在屏幕上，仿佛什么都听不见，那里面的世界把他们与外界完全隔开。偶尔有一个老者正在翻报纸，时而摘下眼镜凑近去看，他一路上翻来覆去地看那两张八版的报纸。这情景让他有点儿激动，但这情绪很快就消失了，他几乎没看到有年轻人在读报。

未来是不可预测的，无论他们经过多少次讨论，得出多少肯定的结论说报纸不会消亡，那都不能说是不带有倾向性的，他们希望报纸永远存在。但是，这种预测又有多少价值呢？他们怎么可能知道世界的变化和动向，这种不断重复的讨论只是在露出泄气迹象的气球上贴了一块胶布。面对擦玻璃的报纸团他不再有不快，或许是开始接受这样的事实，新闻载体的价值都是暂时的。

他的办公桌边上堆满报纸，总会有年轻同事跑过来找他查询某一期报道的内容，他翻检自己做的标签，很快就能找出来。虽然那报纸高高堆起，看起来像废品站，可对他来说，一切都井井有条，尽在掌握。办公室和家中的报纸山并没有降低的趋向，他还在继续加高它们。从轮廓看去，山依旧整齐，而他却久未翻动了。

今晚他收到一个礼物，是一个合作多年的专栏作家寄来的。他剪开包装袋，取出来一个电脑包，不是皮革或者防雨布的，包的表面布满报纸细条，一条接着一条交错编结而成，那种结法跟编筐编篓类似，他伸手摸了摸，质感光滑而又柔韧。不同于毛糙松脆的报纸，这些纸条更接近布料的质地，这让他感到惊奇。

电脑包上那些斑斓的图案来自不同的字体和图片，原先连贯流畅的文字经过裁剪之后散了架，编结之后组合成费解的语义。那些文字肢体残破，前言不搭后语，是一片无声的噪音。但他还是忍不住去读，仿佛被囚禁在牢笼中，任何有字的东西，哪怕是随风飘入的一个纸条，都会启动他的阅读本能。先是纵向的一条抓住了他的注意力，上面排满密集的数字：8287、08290、08292……这是股票代码还是其他数字，他看不懂，那是属于财经版的。

沿着长条看下去，一连串词语跳进他的视线，那些词语缺乏关联，看上去有点儿令人费解。冰毒，二百万（"二"字有一半被遮住了），搜，酒（店？"酒"字也少了半边），犯，搜，疑犯，搜出……

这时候他这个寻找错字病句的编辑化身为侦探，不再只关注语法错误和语义矛盾，他要从这些支离破碎的字词中间找到某种隐藏的东西，那个事件，那个发生过的可能牵连命案的真相。这些残缺断续的字表达了什么呢，警察试图在酒店抓住这个毒贩？

受伤，在逃，他拘捕被打伤后逃跑了；院抢，受药物，是抢劫医院还是大学？这个人可能是吸毒后产生幻觉，自以为是江洋大盗跑去抢劫；疑犯的，唾骂，疑犯本人或是亲属遭到众人唾骂？

他来来回回地拼凑这些词语，连成片段再植入故事脉络，让这些零碎的文字产生联系，可是，他突然醒悟过来，这不只是一篇报道，可能是好几个短讯被编结在这一个袋子上面，但是它们几乎又能无缝地对接，罪犯的手法如此相似，剔除那些相互矛盾的情节和时空的不兼容之处，这么一个拼凑起来的事件变得合情合理，完全解释得通。看上去像是一个犯罪报道的模板，契合那些大同小异的抢劫新闻。每天都在发生这些事情，所有的报道都在揭露几十年如一日地重复发生的事情，人们同样重复阅读这些老套的新闻。可是新闻本该是什么样，或者说理想的新闻该是什么样呢？

他突然对于社会版的编辑好奇起来，每天都是这些杀人、抢劫、吸毒之类的事件，他们只是把它们当作无关的文字，还是说那些黑暗毒素蛰伏在某个暗处，说不定什么时候会跳出来，演变成蠕虫般的病毒侵害他们的神经。或许这只是他的臆想，他们或许早已百毒不侵。此刻他所做的，是把所有的犯罪演化成故事，那些罪犯或是极端聪明的大盗，或是搞笑的笨贼。现实的恐怖经由虚构之后卸下了那些沉重的东西，故事让那些残酷的东西悄悄松动、变脆，甚至变得可笑。

这个报纸做成的电脑包放在桌子上总是能从一堆报纸中吸引别人的注意，经过的人停下来端详一会儿，用手摸一下以确定那是不是报纸的仿制品。柔滑的手感的确不怎么像报纸，他们满腹狐疑，拿起来仔细看看，就像在鉴定一张纸币，终于他们点了点头说："哪天把我们的报纸做成这样还可以留作纪念。"他们表情复杂，有种不得已为之的黯然。可是变成这个样子还是报纸吗？他肯定不愿自己经手的完整报纸被肢解掉。话说回来，再完整的报纸还能存在多久呢，他不知道，也找不到答案。

他离开座位到楼梯间吸烟，自从办公室禁烟之后，这里就成了他们这些吸烟者的乐园，进出这里的就是这几个人，经常碰到旁边公司的人，慢慢也相熟起来。打了照面彼此点点头，就各自点起烟来。楼道里烟雾弥漫，他们相互很少交谈，偶尔问候一声，谈谈新闻和天气，烟也差不多吸完。冰毒、毒贩，这类词语从他脑子里跳了出来，刚才他忘了跟社会版的老柳聊聊他刚才根据纸条拼凑起的那个犯罪故事。

星期六早晨他往书房走，头天晚上值班，他一直等到报纸付印才回家,起得也比平时晚一些。听到书房里有声响,他进去一看,妻子正从报纸山中间抽取报纸。

"窗户太脏,我得擦一擦了。"妻子停住手,就像一个被发现的窃贼。这肯定不是第一次了,她脸上毫无尴尬的表情。他没说话,走过去从顶上取下一叠交给她:"去找个收废品的过来吧,这里该清一清了。"

(2015年)

拔牙的艺术

这事儿说起来有些荒唐，不过，发生在我们身上的荒唐事从来不少，只不过很多被忘掉就是了，否则我们得背上多少负担啊。人学会了事后嘲笑自己，所以才会有解嘲一说。但是，这事儿是真的荒唐，它发生的概率有多少我不清楚，肯定少之又少，我有七八成把握这么说，我挺相信自己的判断力的。

我去拔牙了，不得不去。当你步入中年之后，牙齿会像其他所有身体器官一样，开始在健康曲线图上呈现下滑之势。一位医生朋友频频告诫我，要保存好体检报告和门诊病历，"所有突发疾病还是有迹可循的。"他这样说道。

迄今为止，还好，我的体检报告单纯干净，在口腔部分，有一颗龋齿被发现有空洞，补过之后我就没再为它们操过心。在更年轻的时候，谁没用自己的牙齿救过急，比方说开啤酒瓶盖，咬榛子壳什么的，当时不觉得怎样，现在看来，那简直就是一种任性的炫耀。

所以，这事发生的时候我有点儿难以接受。想想看，某天早晨刷牙的时候，你的一颗牙齿松动了，这不是衰老的迹象吗？我怎么也不会想到，四十岁之前就要承受这样的事实。牙齿不是树木，通过加固可以让根系重新变得扎实。我当然存有幻想，以为那不过是暂时性的，缺乏必要的营养和不小心的磕碰，经过补救措施，你依然能够保住它们。可是，一旦出了问题就是不可逆转的。每天早上，我都在观察那颗牙的动向，祈求它乖乖待着，最好一点一点再结实起来。

整个过程也没有什么可多说的，虽然持续了一年多，起初也看不出多大变化，直到有一天，说不清楚过了多长时间，几个月，至少一年，我猜，甚至更长时间，这一切都太模糊了。我像是在等待一颗成熟期过长的果实，实际上却刚好相反，我期盼的是逆生长，时间向前，生长朝后，起码保持原样。那一天，我看到一些不同。其实，我每天都在察看，但是要知道，一旦你有一个固执的愿望在心里，这种观察就变成围绕这个愿望搭建的构件，行为也变得有所选择。比如摘下眼镜，故意拉开点儿距离，这样就看不到变化，何况这变化如山体运动，极其缓慢。等到这种变化可以明显辨出的时候，事情就不那么简单了。

那颗牙现出一点儿青灰，原先柔和的玉色不见了，它黯淡无光，略微有些晃动，在一个队列中间它是一个病号，强打精神应对各种操练，以及每天的工作。本来它就没有承受咬合的任务，只是在嘴巴开启后作为迎宾主角旁边的陪衬存在。大幕徐徐升起，主角闪闪放光，它侧立于主角的阴影中，既不可缺少，又不引人注意。它站在阴影中能够有些许懈怠，歪歪身子晃下脑袋，谁都不会注意，如果少许余光扫过来，也会快速掠过去。

现在它看起来有些异样，正在夺去主角的风头，不是因为它的神采，而是与众角色不一样，形状和颜色慢慢凸现，正朝着一个不妙的趋向发展。我看到了，我想别人也看得到。当你笑的时候，对方的眼睛看着你的眼睛，目光随后会移动到那颗牙上，停留几秒。你猜得到那几秒钟之内在他脑中飞驰而过的疑问，起初面对别人的好奇，最好的对策是合上双唇，继续保持微笑，尽量笑不露齿。可是，你不能总是这样，你会有张嘴说话的时候，还有，假如所有人都笑弯了腰，你还绷住不笑吗？

当它不得不从自己的枝头落下时，它的生命就开始走向完结。我是一天天地目睹这一历程的，我当然担心，可又没那么严重。有时候如同一个旁观者，既然早就预先看到了这个结果，也就能接受这个结果了。

医生到来之前，护士先安排我坐在治疗椅上，那椅子非常像飞机座位，可以把靠背调节到好几个档位，这里是众多诊室中的一个，相互之间用玻璃幕墙隔开，百叶窗帘掩饰了室内的情形。其实，没有这些隔离，里面也没有什么秘密可言，每个玻璃房的中心位置都安装着这样一把能够随意调节高度的椅子，躺在上面的是一个大张着嘴巴的病人。试想一下，假如所有的窗帘都不存在，所有的窗户都一览无余，你站在楼外眺望，看到的仿佛是一些连续复制的画面，椅子、无影灯、病人和戴口罩的牙医。那是安迪·沃霍尔的画面，隔得更远一些看，那也是蜂巢般的构成图案。

医生边戴口罩边坐在我身旁，我都没有来得及看清她的模样，以及牙齿，只看到眼镜。她的声音很轻柔，这适当减轻了我的紧张，不是因为拔牙，我小时候也拔过，我担心的是填补那个空洞的将是什么样的假牙。直到进入牙科医院之时，我的口腔里都是自己的牙，它们有时候会酸痛，牙龈出血，会变成龋齿，它们有着生命体才有的缺陷和毛病。而接下来，将有一个假体掺进它们的队列。

医生仔细检查那颗牙齿，用钳子轻轻碰触，我感觉得到她隔着口罩呼吸的节奏，有那么一小会儿，呼吸似乎停止了，我的注意力也从牙齿转移到她的呼吸上面，这时她举起钳子说："掉了。"

等待了这么久，这本来就是瓜熟蒂落的事，可是，如此之快的身手，还是让我感到意外。我还张着嘴，看着那颗牙。她没有立刻把那颗牙扔进托盘，笑了起来。她的下半张脸藏在口罩后面，但是我能确定她在笑，笑着说出一句话："这是颗乳牙。"

"这怎么可能，怎么会有一颗坚持了将近四十年的乳牙？"我结结巴巴地说，脱口而出的反问，我的脑子还没有转过弯来。

"这种情况很少发生,但凡事总有例外不是?就像六十多岁还生孩子的女人,这不符合规律,可还是发生了,这就成了奇迹。"

"这么说我也成了奇迹。"我漱了漱口,嘟囔了一句。

她又凑近我:"你这么理解也行,只不过你永远比别人少长了一颗恒牙。"

现在,那个位置成为一个空洞,就如同处在一个不上不下的时间段。这是个更大的意外,我注视着这颗牙齿变化的所有过程,惟独没有想到这样的结果。

接下来,当然,需要填补那个空洞。医生让在旁边协助的护士拿过色卡。她用色卡比对我的牙齿颜色,报出一连串的色号。护士在旁边做记录,这个复杂的过程让我感到有点儿眩晕,或许我还没从刚才那个中彩般的真相里脱身出来。

"我以为很快就结束了,竟然这么麻烦。"我完全没有想到拔掉牙只不过是一个开始,所有步骤中最简单的一步。

她把色卡交给护士,又开始把倒模材料贴到所有的牙齿上。"即便镶一颗义齿,也不像你想象的那么简单。我要让这颗新牙不露痕迹地排在所有的牙齿中间，颜色就得最大可能地接近这些牙齿的颜色，不是白色的才好看。除非有比较大的色差，一般人是看不出区别的。我们就不一样了，牙医是不能容忍一丝不谐调的，这是职业癖，这不仅是技术，也是艺术。"

我很难做出回应，躺在椅子上动弹不了，我眨了眨眼睛表示听进了她的话。

"你看，你这颗乳牙是没有根的，难为它挺立了这么多年。没有牙根是不可能植入牙齿的，我只能借力，把左右两颗牙齿锉掉一半，再做出三颗相连的牙齿，从今往后，它们就是三位一体的了。这么说来，我们不光要对色彩敏感，还要能建造不同的牙齿结构。我说这是艺术，还恰当吧？"

我还听过一个人把医术称为艺术，那是个肛肠科医生，他特别擅长在酒桌上谈论肛肠艺术，每一次都引得全场爆笑，但是他说得非常认真。"在我们眼里，人的器官是美的，不像你们把它们看作难以启齿的隐晦之物。即使发生病变，我们通过手术让它们恢复到接近完整的状态。有一次，一个眼科医生误入手术室，看见病人各种肠子被翻出来摊在一边,差点儿昏过去。他后来说,难以想象我们每天是怎样面对这些乱七八糟的下水而不呕吐的。我们是孤独的艺术家,很难被世人理解。不过,我们并不痛苦,这种沉迷状态我们自己懂得就好了。"

  我想起了我第一颗脱落的乳牙。那是一颗门牙,当它有些晃动的时候,我也是每天察看它,不过不是担心脱落,而是因为好奇,每天都去摇动几下。它没过多长时间就掉了下来,我把它放在掌心里,拿去给母亲看,她让我扔房顶上,但我没有把握扔那么高。如果没扔上去,可能就再也找不到了,也不知道当时我为什么那么在意这件事。后来我带到学校给同桌看,放学后我们一块儿把它埋在一棵树下。那棵树现在是否还在,我完全不知道。后来我走过很多地方,大部分物品都丢掉了,跟身体有关的也只有牙齿和头发吧,那也是要丢掉的。
  后续治疗的时候我忘了问医生那颗乳牙的事儿了,我当然不好意思打听它的去处,也不可能向她要回来,你见过一个中年人往房顶上扔自己的乳牙吗?

(2015年)

魔　盒

在那个时间点按下一个按钮，繁忙的潮水冲进纵横交错的街道，越来越密集。是人群的密度而不是每个人行进的速度，带来这种气氛。步行的时间经过计算，精确，几乎没有误差，没有必要焦急地奔跑。从在镜子前面收拾停当，走出家门那一刻，一个职业人就出现在街头，不全是衣着，而是步态和表情。每天要走的路程累计起来不算少，一段一段由公共交通工具和步行衔接起来，职业人在两端来回穿梭。如果把他从那些背景——人群、街道、汽车，剪影一般地抽取出来，仿佛是一个在钢索上的艺人，走过去还不够，还要一个来回、几个来回，才赢得更多的掌声。

没有掌声，他和他们一起，走走停停，等待汽车、电动车和自行车过去，才沿着斑马线走到路的对面。走过一条马路还没到，还要穿过两三条马路才靠近地铁站。

随着交通灯走走停停的人们穿行在还没有完全苏醒的街景中间，不会联想到此刻地下也是同样繁忙的景象。一个玻璃罩突然将同一方向的人潮吸了进去，随后还有更多的人钻入那个地方，马戏团巡演的广告在一座高楼正面的大屏幕上翻滚闪动，如今的魔术不再适于大篷车时代流浪艺人的表演了。一个奇异的魔术师，会在观众面前把一架飞机变走，还可能将那座无法撼动的山搬到海面以下，让一群人从地面消失已经不算是高难度的幻术，所有至今还对此感到惊奇的人，除了好奇和迷惑的孩子，还有来自原始世界的人。

他跑进地铁站，再不抓紧时间，就要迟到了。他走到下行扶梯口，人们自动排列在右侧，他和几个火急火燎的人顺着空出的通道往下跑去。他听到了地铁到达报站的女声，站台已经站满了人。

平行移动的，是那个两分钟一班的地铁列车。它快速吞吐着如同一团一团杂色棉絮的人群。在早高峰时段，总是进去的人多，而被置换出来的人也只有那么稀稀落落的几个。这些拥挤在一起的人，会在一个重叠的轨迹上运行几十分钟。会不会再次碰面不敢确定，人太多就会抹去每个人的特征，尽管其中某位的红鞋子或者鸭舌帽引起周围人的注意，可是记住的也只是帽子、衣服和许多零碎的细节。人挨着人，脸都朝向门的方向，除了看前面那个人的后脑勺，眼睛无处可移，那个人的细节也被强制放大。前面是个姑娘，身穿一件千鸟格的外套，脖子上裹着一条枣红色的羊绒围巾。他看见领子边缘一层红色的细绒，那是围巾与衣领摩擦之后留下的痕迹，这让他感到难以置信，平时桌子上堆积了薄尘，他都是视而不见的，现在却在观看这些无用的细节。

这些五颜六色的衣服中间是一张又一张脸，这个时候可能正在把全部注意力放在手机的屏幕上。这些脸都深陷在眉目相似的海洋之中。埋头看手机的人偶尔抬眼，就会看到车厢里面好多人与他保持同样的姿态。大多数人没什么表情，某个人微笑了一下，不知道是电子书里的什么情节引来的欢愉，还是哪个熟人发来的不知被转发过多少次的笑话。那个狭小屏幕提供了漫漫长路里片刻的阅读时光，沉浸其中时短暂的精神游离，让这种非人的拥挤状态变得能够忍受。

地铁列车要穿过一段长长的江底隧道，驶向城市的另一个区域。单调行进的声音使他昏昏沉沉，在这段动弹不得的拥挤时间里只能闭目养神，他正靠近梦境的边缘，灰黄色的江水流过车顶，半明半暗的水流在四周缓慢地波动，透明潜艇中的人看着水藻柔软地飘荡，鱼虾成群地游过去。江底还有沉船的遗骸，水面附近漂浮的废弃物正被一只钩子快速拖走。速度在减慢，他睁开眼睛，听到列车报出的站名，还没到站。他想象着这个载满人群的长形魔盒，蠕虫一般从一个狭长的管道缓缓进入另一个管道，那上面树立着高楼的丛林。

江的彼岸将要卸载大批的人，报站的语音还没有响起，已经陆续有人挤到车门附近。驶过江底隧道的那五分钟似乎增长了两倍以上，突然从黑暗当中浮现出一只眼睛，睁开、闭上、睁开、又闭上，那眼睛随着地铁嚓嚓的声音不停地眨动。那是一只女性的眼睛，凹陷在睫毛的阴影里面，艳丽、鬼魅、诱惑。尾随其后的是一个广告，关于网络游戏的，还来不及看是什么就到站了。设计者没有充分估算好时间引诱潜在消费者上钩，空留下一只会眨动的眼睛引人遐想。

　　如果不算上下班时段，乘坐地铁是一件还算愉悦的事情。虽然大部分时间穿行在地下，窗外是黑黢黢的隧道，但是魔盒外的暗影和盒子里的乘客，都产生了在地底旅行的幻觉。何况人少的时候，往往会有各种奇特的人在极度静默乏味的空间现身。一个小侏儒，身背一套简陋的扩音设备，手举话筒唱着流行歌曲。他晃动手里一个磕碰得坑坑洼洼的铝钵，硬币哗啦啦的声响变成那首歌曲的节奏。一个刚刚上车的小伙子，打开手中的书本，面向车厢高声朗读英语。到站后，他合上书本一言不发地走了出去。

　　从魔盒走出来，升上地面，走上几百米，另一个垂直运动的魔盒会将人送进办公室。速度，仍然是电梯的优势。快速冲上几十层楼高时，呼啸声在耳膜上留下擦痕，于是那种类似飞机升入云霄后的失重感，也在这短短的几秒中出现。总是有一个抑扬顿挫的女声提醒着上下电梯的人："欢迎乘坐电梯，请按下您要去往楼层的按钮。请站稳扶好，注意安全。电梯超重，请大家相互配合，以保证能够迅速及时到达……"站在门口的胖子自觉走出电梯，他向同伴露出一个无奈的表情，似乎在说，为什么每次下去的都是我？留下的人都面朝电梯门站立，面无表情，恨不得立即到达目的地。

这么狭小拥挤的空间，幸好待在里面的时间只有几十秒。那个机械的声音指挥着，人们按照她的指令行动，可又经常性地比指令快了一拍，长期的语音刺激，已经让这些内容刻录在脑中，无需细想就做出条件反射，这样一来，指令与行动共同构成一种滑稽而又肃穆的场景。叮咚，到达的提示音响起，女声暂时休息，等待再一次关门时指挥这些面无表情的人。他们有的头发凌乱，好像睡过了头，还不知有没有时间洗脸。还有人从附近的24小时便利店买了早点，油饼、肉包子的气味迅速盖过女人的香水味。下去了几个人，剩下的人稍微移动了一下，仿佛都暗暗松了口气。一个瘦削的女人打着电话走了进来："莫希莫希，哈依哈依。"除了这些，再没听到她说过其他的话，声音的节奏让人想起日本电影，他们在一秒钟内化入异境。

早晨紧张的气氛会在午后有所减缓，去吃午饭的人们也可以借机放松一下,人人脸上洋溢着轻松的笑容。在电梯里,陌生人之间也可以开个玩笑。比如一个孕妇的丈夫,恰好也有一个鼓起的肚子,旁边的人会说:"她的肚子比你还差得远呀。"那个身形肥胖的丈夫笑着回应:"她得加把劲儿了。"所有陌生人的笑声让电梯空间无形中扩大了数倍。

如果有一个巨人俯视城市,这些上上下下不停移动的魔盒,在它眼中是不是形似一个构造复杂的机械玩具?当这一切突然静止下来的时候,城市那种生命体的特征是不是就完全消失不见了呢?

但是,此时此刻在这个情境中的人是不会像巨人那般操心世界的。进入,出去;再进入,再出去。每天沿着一个既定的路线,为了追赶时间而在魔盒之间出出进进。这些体内如同被安装了隐秘程序的机械人,重复着每一天的路线、话语、动作和笑容。当然,这些聚集在一起的工作刺猬们,合作,争论,传播小道消息,让黑白色调里泛起了微亮的色彩。

喜剧发生在最为炎热的一天,他从地铁口出来,前面一直走着一个年轻人,穿着卡其色短裤和蓝色T恤衫，打着阳伞。已经有人在看着这个人了，城市里散布着不成文的规矩，男人不得打阳伞，但雨天可以打雨伞。除此之外打阳伞的年轻人还违背了一项规矩，那就是不能赤脚走在街道上。他以为自己赤脚走在田埂上吗？柏油路面已经晒得发软，他行走自如，丝毫不怕烫，也不担心脚掌沾上黑色沥青。不管多少人注视他，他都没看到，阳伞下面的他视野受限，也可能是不以为意。这就是田埂与街道的不同，不会有人冲过来以有违风纪的理由声讨他。麻烦出在办公楼里，在一楼电梯口等候电梯时，一个管理员走过来斥责他："这样光着脚上班，你是农民还是赤脚医生？这里是办公室！"等候的人听着看着，没人附和也没人关心，赤脚人迷惑地看了看管理员，他头戴一个巨大耳机，降噪功能隔离了他与外界，也隔离了管理员的义正辞严。那耳机上面有两根竖起的天线，使得他看上去像个机器人，一个卡通人物。他天天戴着这个大耳机，办公楼里的人早已见怪不怪了。

夜色暗沉的时候，摩天楼里魔盒的行动变得迟缓起来，间隔很久，才会有一个加班的人走进来，再走进黑色的深夜里。地下的魔盒依旧忙碌，只是不再那么拥挤。走进车厢的人随便就能找到一个合适的座位，避开门口，扫开一本书或者一份报纸，看看书籍和电子书，最好这个旅程加长一些，这样就有足够的时间看完几个章节。在白天那些零碎的时间里很难静下心来读点儿什么，现在，车厢变身成为一个移动书房。读书是为了不至于盯着车门发呆，车窗外除了隧道的黑暗，是没有什么风景可看的。

他看见站在门口的那个女孩散开头发，从背包里掏出一把梳子。门上的玻璃在灯光的照耀下反着光，清晰地映出她的面庞和整个身体。长发接近腰际，她就那样慢慢地一下一下地梳着，直到梳顺理好，才捋下腕上的橡皮筋重新扎成马尾。她这是要整理好头发，回到家里倒床就睡吗？时间实在是太晚了，如果可能，他倒是希望在地铁上完成一系列睡前程序，洗脸、刷牙，就像在一列需要过夜的火车上那样。他见过一个梳理长发的女人，那时他正穿过树林往海边走，看到一顶帆布帐篷，以及垒放在一起的十几只木箱，养蜂人一家又来了。每到槐花开放的春季，他们就迁徙到这里采蜜。帐篷里没有声息，养蜂人和孩子可能还在熟睡，他的妻子正对着将升未升的朝阳梳理长发。他从没见过那么长的头发，垂到脚踝，平直乌黑。养蜂人的妻子也像这个女孩一样，一下一下慢慢梳头，她面前没有镜子，也没有映出倒影的河水，她把长发编成辫子，又一层层地盘绕在头顶。

在地铁站里谁都会有迷路的经历，特别是那个巨大的中转车站，十几二十个出口，单是看指示牌也要半天才反应过来，当你去往从没去过的陌生地点的时候。广播里不停地说"一号口通往，二号口通往……"后面的字音经常被嘈杂声吞掉。停下来仔细听，还是不明所以。掏出手机，按照上面地图的指引寻找出口。他有时出门匆忙办事，午饭也在这个迷宫里解决掉。便利店、咖啡馆、麦当劳，还有银行。在二楼麦当劳的座位上，他看着人群从不同方向相互交叉走过去，多到让人眼晕的地步，过一会儿他也将跟随他们，去往另一个地方。有个姑娘正在派送报纸，不知道那是广告还是赠阅，他曾经随手接过一份，到站后本来想丢到垃圾桶里，却看见另一个姑娘已经等着回收报纸，然后再派送出去。一个中年人从扶梯走上来，向站边栅栏旁的一个人挥手，把手里的袋子交给他。他们隔着栏杆交谈了一会儿,就挥手告别了。

从地下走上来,路面也归于寂静。刚才还在工作间里忙碌,此刻就来到熟悉的窄巷。等待穿过马路的行人还是不少,绿灯迟迟没有出现。他身边戴眼镜的年轻人问:"哪里买得到豆浆?"他瘦瘦高高的,台湾腔。听到这样的问话,会觉得时间已经来到早上,大饼油条,豆浆豆花,早点铺街头摊都见得到。一过九点,从魔盒里流出来的人群散了,所有的早点铺都收拾妥当撤离临时阵地。豆浆也不例外,它被接下来的奶茶、冰茶、果汁替代了。晚上九点,喝什么都行,就是没有豆浆。还有,"你为什么一定要喝豆浆呢?"他想。可这怎么说得清楚,就是突然想喝了,看来只能碰碰运气。去便利店吧,他对那个台湾人说。24小时便利店的灯光亮着,它提供给你所有想到想不到的日常物品,除了便当、包子、关东煮,你还买得到创可贴、眼镜湿巾,出差用的洗衣液、洗护三件套,还有调料、滋补饮品,大便不通或是吃多了,来杯冲剂试试。在这个变戏法似的提供各色东西的货郎那里,豆浆或许还没断货。

唯一不分早晚的食物是馄饨，千里香或是万里香，都起着类似的店名，不错，你隔着很远就能闻到馄饨的特别香气。馄饨店缩在两个食品店中间的夹缝里，大多是福建人不远千里来到这里开的，口味却是本地的。大锅飘出来热腾腾的香气。这个小店很晚才打烊，如果不执意要吃什么，在街角坐下来吃上一顿夜宵，吃饱了，夜晚的睡眠才是不虚空的，这样才算过了完整的一天。

　　他走进店里坐了下来。

（2012年）

喜 乐

　　刚过九点钟,阳光就让人有眩晕感,好像它一直就悬在那里,没日没夜从未消失过。气温并不高,走在路上风时常会吹过来,海风的腥味吹到市中心就淡了,深吸一口气才隐约闻得到。毒辣的阳光抵消了原本应有的凉爽,人感到的只有燥热,汗珠野草般一茬接着一茬冒出来,细密地分布在皮肤表面。餐厅里的冷气快速终结了这种生长,仿佛什么都慢了下来,最后停住了。

　　我在快餐厅靠近角落的窗边坐下来,我们约在附近见面,的确是因为这地方好找。餐厅里的人并不少,很快点餐柜台前就排起了长队。大部分人匆忙跑进来,还没等完全平复喘息,又夹着早餐纸袋跑了出去。旋转,看不见的旋涡刮过拼接图案的大理石地面,变幻的是不同颜色的背影。

我对面桌子的那个姑娘，正摊开一张导游图。桌面过于窄小，地图的边缘翘立着，她低着头，把脸埋进那些纵横交错的街巷迷宫，划动手里的笔，翻来覆去地辨别，研究了好一会儿，似乎更加困惑了。她皱紧眉头，茫然无措使得她的脸近似一张没有起伏的平面图。没多久，她从这种状态中跳脱出来，我正在涂抹的餐巾纸引起了她的注意，我没事儿的时候经常这么胡乱画点儿什么，不成形的，连我自己都看不懂。我也并没有什么要表达，只是给那只闲置的手找点儿活计。她可能并不这么想，那些线条看上去很像地形轮廓线，她的目光瞬间抓住我，求救的信号在不停地闪动。

　　眼下，我是岸边那个离她最近的人，那个可以给她答案的人。她是如何判断出这一点的？她可能并没有什么判断或是盘算，只要身边任何可能获得答案的机会出现，她都会紧紧抓住，根本顾不上辨别这个答案是不是正确。当然，对她来说根本无从判断。

　　我拿过她的导游图，用铅笔画出大致路线。从餐厅出发，向东一站地就是完全被梧桐树遮蔽的老街，再过一个月那里的老房子都要拆掉。对于一个只有半天时间的旅行者，这样的建议不见得合适，可她随便游荡能看到什么呢，被楼群遮挡的海岸线，还是大同小异的商业区？

以前我住在那条街的后面，从楼上的窗子看得到那些日式小楼前的狭窄院落。春天，粉红蔷薇沿着矮墙爬到门口，后来红色大丽花占据了那块地盘。蝉声喧哗的时候，爬山虎覆满墙壁，从旁边走过，偶尔能看到一件鲜艳的湿衣服晾在敞开的窗口，随着轻风晃动着。

我把行李箱留在了酒店里。我是过客不假，却不是观光者，这里是我出生的地方。虽说眼下我跟那些观光客没多少区别。上班的高峰时间即将过去，坐在桌边的人不太多，看得出夹杂着几个游客。虽说他们在穿着上与本地人没什么不同，只背着轻便背包，行李大概在酒店里，可本地人还是能够一眼看得出他们的身份，从脸上迟疑、困惑和好奇的表情中。

她喊我名字的时候，我被吓了一跳，那声音十分陌生，但那不可能是陌生人。陌生也不奇怪，一个人的嗓音过了二十年几乎不可能没有变化，这种变化非得有时间的间隔才显现得出来。我们就是这样相遇的，在环形广场的一个路口，我们之中无论是谁都不会想到这样一个重逢的场景吧。

我不相信奇遇,不过事实上奇遇还是会发生,在这样一个小城市里概率更大一些,这事发生在十五年后,我离开这个城市也这么久了。说是奇遇也不为过,你不会相信再有见面的可能,其实是压根儿就没想过见不见的事儿。

昨天,我走在街上,陆续有上班的人小跑着经过我身边,奔向即将开走的公共汽车。我就像运动场上落后的选手,看着一个又一个人不停地超过。这些满头大汗追赶汽车的人也是十几年前的我,身穿分不出性别的深色校服,提着午餐饭盒追赶即将开走的公交车。不过现在,我不用赶时间了。

迎面过来的一个女人,头发削剪得很短,即将错身而过的时候她又返回几步盯着我看,我从心不在焉的状态回过神来,正在猜想她有什么意图,突然听到她叫出我的名字,我被吓了一跳,随即看到她的眼睛闪动了一下,就是这种眼神让我认出了她。虽然接近中年,但还是能看出她过去的模样,奇怪的是,我却感觉自己没变,无论当年还是现在。她现出迟疑的表情,我知道她也正在面对我的变化,同样需要一点时间来适应。

我们互相喊着对方的名字，走到一起，几乎同时说，真是太巧了。这句话有惊喜，却让我们都愣了一下。她曾经敲开一个核桃，我们看着藏在里面皱褶如同大脑形状的果仁，同时说吃什么补什么，当时我们也是这样对视之后大笑起来。现在，我们的声音重叠在这句话里，那些年的变化也随之被抹掉了。

如果不考虑时间因素，我还以为见到的是李芸的母亲，同样的眼睛和短发，同样的税务员制服。我们就这么站在路口，越来越多的人正在追赶时间，我们的时间却变得迟缓了。这个时刻是一个入口，我们从这里重返过去。她讲着她所知道的同学的近况，这些讯息落雪一般快速填满沟壑，就是我离开之后留下的那些时间空白。李芸提到的那些名字我大多想不起来了，直到她说起康怡平和肖艳。"我们四个人聚一下吧，"她说，"后天见面，正好是星期天。"

旅游姑娘拖着行李箱走出门去，导游图在手里飘动着，似乎那是一面指引方向的旗子，一旦脱手就会被困在原地动弹不了。她刚起身，那个座位就被一个老太太占据了。在这种地方，偶尔会看到带孙辈过来的老年人，更多的老年人聚集在街心花园做健身操，闲聊。老太太坐在那儿，向窗外张望，大概是在等什么人。她的衣着还是十几年前的款式，灰色外套，很整洁。没过多久，另一个老太太走到她座位前。

感谢主，让我们相识，先到的老太太说，她拉开椅子，微笑地看着她等待的人坐下，神情与她的声音一样轻缓。

感谢主，进来的老太太答着，她们彼此像是在传递一个接头暗号。

落地窗外是一个环形广场，环形广场有八个出口分别对应八个方向，沿着西南方向那条路走下去，经过红砖尖顶的教堂和几个店铺，就是我曾经就读的那个中学。放学的时候，我们要顺着这条路到环形广场边乘坐五十七路公交车。那会儿刚上高中，第一个运动会选在秋季的一个星期天。从校园出来，我和康怡平、李芸她们几个经过教堂，唱诗班的歌声传出来，我们顺着歌声从侧门走了进去。信徒们的吟唱结束了，他们从座位上站起来，依次走到前面领受圣餐。那是一只小面饼，我咬了一口，发觉是甜的。

这是耶稣的肉,我刚刚打听过了,康怡平压低声音告诉我们。那个运动会耗费了我们很多体力,这时我们早已饥饿不堪,就是给我们老鼠肉我们也会当即吃下去的。

此刻,汽车围绕着广场的圆心循环旋转,这些车子都挤在了一起,很长时间才缓慢挪动一段距离,让人产生时间停滞的错觉。进出广场的几股车流由于无序的分岔逐渐堵塞,交警跑到那个分岔的地方站好,快速地做着各种指挥手势,情况才好转起来。

电话铃响了,《欢乐颂》,从嘈杂的声音里爆发出来。如同向茂密的老树投出一颗石子,无数只鸟从那些枝杈里飞了出来,它们扑棱着翅膀,慌乱逃跑时挣掉的羽毛抖落在行人的头上,那声音给我的感觉就是这样。

得换掉它,这是我掏出手机时的第一个念头,这支曲子毫无预兆的轰鸣经常吓人一跳。但是,那铃声不是从我的手机里发出的。在餐厅不同地方的几个人同时拿出手机,而它召唤的人只有一个。那个接电话的人听不清对方在讲什么,不断大声地重复说:"我听不清,你大声点儿,我完全听不清。"他在餐厅的不同方位跑来跑去，试图找到通话质量的最佳位置。

几分钟之后《欢乐颂》再次轰鸣，是我的手机在响。

李芸在电话里传达指令，康怡平要我们过去找她，我得沿着广场朝北走，在下一个路口跟李芸会合后再继续前进。我来到那个路口，人流穿梭，我找了半天，才从几个短发女人当中发现李芸。她换下制服，穿了一件印花连衣裙，再次变回一个陌生人，跟我记忆中的印象又对不上号了。

走了几百米，我们来到一幢玻璃建筑里，这个建筑看上去是一座办公楼，大厅里站着不少人，走进电梯的人彼此打着招呼。上到十层，电梯里的人都走了出去，我们也在其中，一块儿拥进一间屋子。那屋子很大也很宽敞，摆满桌椅，像是一个教室。门口的一张小桌子后坐着一个戴眼镜的女人，她向每一个进来的人发放文字材料，薄薄的几张纸，李芸领了一份，又从自己的背包里掏出一本黑色封皮的书递给我，那是本《圣经》。

我们刚刚坐下，一个身穿黑袍的中年男人说了句什么，屋子里所有的人随即起身，一同念诵祷词。我看到了康怡平，她正坐在第一排正中的座位上，过了二十年，她的脸上看不到多少变化。她朝我点了点头算是打招呼，眼睛又盯着讲台。

那个男人的开场白出乎我的意料，他在说新闻，物价上涨，连大蒜都快吃不起了，还有每个人都面临的大大小小的麻烦事。底下的人都在笑。所以，他强调说："人要有所信才能去赎世间的罪。"

李芸在我翻开的那页上面指点着正在宣讲的文字。

你们落在百般试炼中，都要以为大喜乐；因为知道你们的信心经过试验，就生忍耐……只要凭着信心求，一点不疑惑；因为那疑惑的人，就像海中的波浪，被风吹动翻腾……

越过前面一片黑色的头顶，我看着康怡平的脸，她埋头读经，好像我们没有分开过，当然也没有重逢这回事。在目光交会的那个时刻没有犹疑，猜想，兴奋，我们像是被捆绑在各自的座位上。这种时候你想表达什么都不太恰当，都像是在虔敬的气氛里表演一出戏剧，特别是这种久别重逢的戏码。

我时不时抬头看看康怡平和李芸，她们在专注地听演讲，同样的表情也出现在她们听课的时候，无论是哪个老师讲课，她们都是这么专注。例外的是数学课，每当老师提问到康怡平,她的身体弯曲着,要起立又有点儿犹豫,对于老师提出的问题,她的脸上一片茫然,答案也是一个字一个字地蹦出来的,我知道那是李芸翻着课本在提示。数学老师一脸不高兴,重重地说:"坐下。李芸,你来回答。"李芸也是这样磨磨蹭蹭地站起来,一句话也说不出,这下可没人给她提词了。

那男人讲完后,有几个人站起来谈自己的感想,谈自己的迷惘甚至绝望,又是怎么在主的指引下开始了新人生,底下的人都在点头。这是一个基督教宣讲堂,我有点儿难以相信怎么到了这里,我对教堂的印象还停留在红酒和小甜饼上。

我们来到楼下的一个小咖啡馆,除了她俩,肖艳也来了。她的模样快认不出了,是那种松弛的胖,皮肤的白色表面泛着一点儿青色,眼睛看上去更小了。

"我们讲讲各自的经历吧。"刚一坐下,康怡平就提议说。一个接一个轮流来,仿佛是刚才那个基督教宣讲会的延续。康怡平的确像个老师,从前的职业是,现在还是,不过已经转成教堂的专职教师。她的身体坐得挺直,脸上有一种柔和的光泽。只有在说话的间隙垂下眼睛的时候，才看得到眼角有浅淡的纹路。她穿了一件米色圆领衫，脖子上有一个细小的项链，吊坠上面镂刻了两个字，我仔细辨认了一下，认出是"喜乐"。

"我们好像也就分开了四五年，实际上却多出了两倍。"她说。没错儿，那是一种错觉，可是我们看看彼此，就像彼此照镜子，就会知道的确分别有那么久了。

"先说说你自己。"我说。对于她安排的见面地点，我很好奇，还有她的经历。

"十年前我去了日本，一直做家庭主妇，这对我来说很难适应，我们所受的教育里从来不包括只待在家里做家庭主妇。"康怡平说，"如果有个孩子可以忙，那种空虚感还能减弱一点儿，可我们一直没有孩子。"

直到第九年，她怀孕了，那时候她在打零工，在大学附近的便利店做店员。每天上班的路上都要经过一个教堂，经常能看到一个中年妇女在街边发传单。起初，她出于礼貌接过传单扫上一眼，上面都是主如何如何的。那女人一次次地递传单给她，仿佛每天都是第一次见面一样。她不得不摆手拒绝，她包里有好几张这样的纸了，不知道怎么处理才好。直到经过别人家的院子，才把传单偷偷塞进门口的信箱里。

那个女人有时候也到便利店买便当，她们彼此点头，算是打过招呼。冬天来临，下过雪后太阳照过来，雪开始融化，到了晚上，融化的地面上结了一层薄冰。丈夫还没有结束工作，她自己小心地往家走。她还是摔倒了，腿疼得站不起来，孩子很可能有危险，她不知道怎么办才好，开始呼救。那个发传单的女人跑过来，打电话叫了救护车。她的小腿骨裂，养了几个月才好，孩子保住了。

春天的时候她抱女儿出来，遇到那个女人，那女人把孩子抱到跟前，孩子的身体还不能完全直立，趴在她的肩膀上，发出咿呀的声音。那女人看着孩子的眼睛说："多奇妙啊，这么小的人，是主把她赐予你的。"就在那个时刻，她明白了什么叫上帝的旨意，她跟随中年女人走进了教堂。

李芸捋着短发，粗硬的发丝立在头上纹丝不动，那漆黑的发色，如果不是发根清晰可见，很像是一头假发。"我可能是变化最小的一个，"她说，"跟我父母一样都在税务局，我女儿说她以后坚决不当税务员，一家子都穿着制服让她不自在。"

她把手搭在肖艳的手背上，她黝黑的皮肤显得下面那只手更苍白和肿胀。我们在街边聊过肖艳得病的事情，化疗后她还没有完全回复原来的状态，她一直微笑没有多说话。

康怡平听我们说话，她的手指一直摩挲那块喜乐吊坠。我就是来听她讲经才有了领悟的，李芸说，她说的是康怡平。从前真是有无尽的烦恼，工作的、家庭的，没完没了。好多人都说我太容易激动。信了教，每天读经，我平和多了。我婆婆虽然也信了教，可总是半信半疑的，一不如意就埋怨上帝不帮她，她的腿有毛病，我对她说，妈妈，上帝在考验你的心，你总是这么抱怨就得不到上帝的祝福。通过了上帝的考验，你的腿就会好的。她模仿着婆婆各种动作和表情，我们都笑起来。

上帝的话应验了吗？我问。她摇了摇头说，她不虔敬，经不起考验。她一抱怨，我就赶紧替她祷告，愿上帝原谅她。

你们愿意加入吗？康怡平看着我和肖艳问。她的话有点儿突兀，我不知道该怎么回应。她看着我，像正在课堂提问的老师，眼里都是质询，正在等待我说出答案。从前她和李芸坐在我的前排座位，数学老师就是用这种眼光看着回答问题的她，她答不上来的时候困窘地站着，就像现在准备回答的我。

我们的交谈变成了对信不信教的争辩，当年在中学课堂上我们都没争过，争论填补了关于从前的共同记忆，让这次重逢显得越来越不真实。谈话的声音越来越遥远，变成在耳边回荡的空响。我看了看手表，告辞出来。教堂的尖顶从建筑物的间隙中露出来，上面白色的十字架似乎重新粉刷过不久，在正午的太阳底下闪着亮光。

(2012年)

游 乐 园

　　从睡梦中醒来，我依然处于一种混沌状态，旁边那人的脑袋倚在靠背的角上，气流嗞嗞的声音轻微地回旋着。在飞机上，我从未睡过一个完整觉，不断地醒过来，又迷迷糊糊地睡过去，而每次醒来时，像是暂时失忆，没有意识到所处的真实情境，以为自己正坐在火车上。可是，我差不多已经有二十年没有在轮船或火车上度过夜晚了。

　　现在，即便是长途旅行，也很少赶夜晚的航班。从最南端到最北端，或者从东到西也不过几个小时而已，旅途短到飞机上的电影还没看完就结束了，身上穿着羽绒服，身边来来往往的人却都是轻薄的夏装。我是那个尚未融化的结冰岛屿，被四周的流水不停冲刷着。

　　产生这种错觉要归因于我开始记事的时候，差不多五岁,那一年我随着父母频繁旅行,到底走了多少地方我几乎忘光了,据他们自己的说法是,要趁我还没到上小学的年龄赶紧出去走一走。一旦我上了学,他们和我都将被学校的作业和活动给束缚住。还有一个原因是趁着他们还走得动,尽可能多去一些地方,那个时候他们都已年过五十。

也不知道怎么了,事情怎么都凑到了一起,那一年亲戚们婚丧嫁娶、生老病死的特别多。这些人跟我们的关系到底有多密切,那些事儿有没有必要逐一参与,我不知道,父母也从没对我说清楚过。我们经常坐夜车,在匀速行驶的火车里我能很快入睡,但是在长时间的停站间歇里,我却会醒过来。站台的灯光十分耀眼,慢慢地,它又重新驶入茫茫黑夜。有时候,火车会不明原因地停留在偏僻的荒野,窗外夜色暗沉,趴在窗边才大致分辨得出一些物体的轮廓,那些秃山、长满庄稼的田地、杂乱无章的林木草丛,在黑黢黢的夜里让人感到凄凉。满月出现的时候就不同了,混沌被月光分出深浅不同的层次,银光在那些山、树和平原的表面缓慢流动。我常会拉开窗帘一角看上很久,直到火车重新启动。

有时候，火车到达终点站我还没有醒过来，父亲就背着我走出车站，他的体力远远胜过同龄人。我不清楚他俩为什么没有在我出生前这一段漫长的时间里到处走走，而是直到这时候才带着我来到这些偏僻的地方。我记得有一次出了火车站，接下来乘坐汽车。那趟车的间隔很长，在太阳的灼烤下，我的眼前一片白光，我们只好躲在远处的树荫下，看到汽车慢吞吞地开过来时，我们三个人拼命奔跑，生怕错过。开了很长时间之后，这辆破烂的公共汽车把我们放在靠近田垄的路边。前一天下过雨，地上满是泥泞，父亲背着我走，后面跟着母亲，脚底沾上的黄泥使得他们走起来很吃力。

我能记得的事情没有多少，但是某些片段和场景如同粘在记忆里一样，不时冒出来，不管那是不是我想记住的。那天晚上我要去厕所，那家的白发老头，我父亲称他大伯，觉得这挺好笑的，小孩随便找个角落撒尿就好了，去什么厕所呢。我不肯，父亲打开手电筒，带我来到那个被叫作厕所的地方。半截砖墙后面有一个坑，两边垫了两块木板。那坑看起来深不可测，我被吓住了，不敢走近。父亲哄了半天，我还是不敢，他让我抬头看天，除了在天文馆，我从没看见过那么密集的星星，银河的确像是薄雾下的河流，我感觉有点儿眩晕。当我把目光移到银河外一个最亮的星星时，恐惧感完全消失了。

后来我跟父亲提起那天晚上的星星，他想了半天，还是什么都想不起来。可能他看过很多天空，包括各种星星，对他来说那不是什么了不得的事，那么多可记的事，跟星星有什么关系呢？对于他看重的那些事，我隐约还有点儿印象。在一幢很旧的房子中间停着一个棺材，油黑发亮，早在三十年前，将要躺在里面的人就把它造好了，放在仓房的草堆里。每到过年，吃过饺子，别人打牌闲聊，他就拎着一桶桐油把棺材里里外外地擦一遍。现在，他终于躺在里面了。棺材没有裂纹，光亮如新，他对于人生这最后一步可能是满意了吧？我们进了门，死者的儿女身穿白布袍子，头上扎着白布条。他们在哭，我父母握着他们的手一再安慰，可越劝他们哭得越厉害，我站在一边不能随便走动，就去捏兜里的糖，那是从上一家婚礼上拿来的。天气太热，糖在融化，黏糊糊地粘到我的手指上，我只好把手掏出来舔干净。

我们发出的声响惊动了猪圈里的猪,它们挤了过来,拱起嘴巴不停地哼叫,我不太清楚它们是过来要吃的,还是被我们打扰了,它们在烂泥里互相拥挤,难闻的臭气散发出来,父亲带我走出院子。外面跟我在火车上看到的旷野十分相近,没有路灯也没有街道,我不明白这有什么好看的。在父亲看来,这儿可以撒开腿跑,不用担心汽车,也不用等红绿灯,还有其他城市里会有的危险。他指的可能是建筑塌方这种事,我在人行天桥上亲眼见到一辆车从塌陷的路面掉了下去,我向母亲求证,她却告诉我说那是在拍电影,是假的。

出了机场,还要到客运码头去,我代表父母前往一个小岛。本来确定全家人一块儿去,出发前父亲胆囊炎发作,能出行的只有我了。"别的事情可以推脱,这次不行。"父亲输液时对我说,他的疼痛还没缓解。尽管已经七十多了,他的健康状况还不错,他俩还是与多年前一样,只要能出现的社交场合仍然不会错过。成年之后我有了各种借口不再加入他们的行列,最正当的理由就是工作忙没法儿请假,他们也不再强求,这时候我反倒会因为自己的不在场暗自担忧,生怕他俩出点儿意外或是突然生病。劝阻也没用,他们经常搬出我姨妈当作例子,也就是母亲的二姐,瘫痪将近十年了。她女儿带着公婆到过很多地方旅游,这让她既生气又伤心,无论如何也要跟着全家出国旅行,她要争这口气。一想到一路上表姐他们推着轮椅上上下下的情形,我都替他们感到疲累。

　　码头人很多,住在市区的人们都喜欢来这座小岛度过周末。每过半小时就有一班船开走,一拨又一拨的人从座位站起身来,头戴遮阳帽,身后鼓鼓囊囊的背包里或许装着泳衣和野餐餐具。客轮不大,船体刷成白色,看上去是崭新的。初夏刚刚来临,天色纯净,风也是轻柔和温和的。

　　我走到船尾,一群人聚在那儿,穿白色婚纱的新娘和黑色礼服的新郎被围在中间,旁边有人举着补光板,化妆师时而过去补妆,摄影师比比划划地指挥新人摆出各种姿态。海风总是把头纱吹拂起来,遮住新娘的面庞,她只好不停地撩开,可她制止不了风,大家都擦着汗,神情焦躁。化妆师跑过去,拽下那个飘忽不定的头纱,换成一个皇冠头饰,周围的人松了口气,急忙各就各位重新开始拍摄。

　　船很快靠了岸，客运站外站满举着纸牌的人，牌子上写着："农家乐一日游"或是"出海打鱼一日游"等等。我挤过人群，看到一辆白色轿车的侧窗伸出一个脑袋，他使劲儿朝我招手："小叔，这里。"从车里下来的年轻人戴墨镜，平头，脸是浅褐色的。他接过行李箱放进车里，这大概就是父亲侄子的儿子，我到这儿来是参加他的婚礼的。

　　"搞错了，要结婚的是我哥，明年轮到我。"他很爱说话，这让我们之间很快热络起来。驶离码头，道路一下子就变得宽阔了，我们犹如在旷野中行驶，路边到处是盐田和零星的渔村。前方的车与人又稠密起来，汽车喇叭声此起彼伏，阿勇指给我看："那儿刚建了个游乐园，到海岛来玩过山车，奇怪不奇怪？"从车窗望出去，摩天轮正缓慢转动。

　　车子只开了十分钟就到了，大院里所有的人都在忙碌，一棵大槐树下面几张长桌拼在一起，上面摆满盆盆碗碗，旁边好几个液化气灶。这里的风俗是要自家操办婚宴，想省事到饭店去办会被村里的人耻笑的。参加婚礼的人陆续进来，阿勇带着我跟随伴郎团去接新娘。车队很长,我们上了第二辆,随后车队开出村子。

"新娘是另一个村的?"我问。

"就是我们邻居,一块儿长大的。可车不开出去不行啊,结婚就得排场一点儿,像个结婚的样子,我们绕着村子开几圈再回来。"阿勇说。

车队开出村子,听说那都是各家自己的汽车,每逢喜事都互相帮忙。"我们的车比租车公司的还好。"阿勇特别自豪。这跟我印象当中的农村有不小的反差,他们住的独栋小楼跟城郊的别墅区很相像。车队绕着村子转圈,每一次都经过那个游乐园,《蓝精灵》的音乐混合着高音喇叭广播,欢笑声和尖叫声传出来,开车的阿进说:"这么绕来绕去的真麻烦,还不如在游乐园里办婚礼呢,多热闹。"

"跟蓝精灵、黑猫警长、孙悟空混在一块儿,人家还以为咱们也是来表演的。"阿勇说,他父母也绝对不会同意。

转了几圈后,车队停在隔壁院子门口,几个姑娘等在那里索要红包,折腾了很长时间才把门打开,阿勇的哥哥把新娘抱出来,据说新娘是不能踩门槛的。与船上看到的新娘装束不同,她穿的是一身红色唐装,连盖头都是红色的。我想起来了,小时候上厕所的那家人就是在办婚礼,新娘也是一身红,不过没有盖头,只在头发上别了一朵粉红绢花。他们的新房里也是通红一片,从脸盆到被子,到处都是喜洋洋的。车队又继续绕着村子转了三圈才重新回到阿勇家的大院。阿勇的父亲也就是我的堂哥,趁没开宴带我转了几桌,那些人也都是亲戚,叫了半天伯伯、叔叔、哥哥、姐姐的。借父亲的光,有几个比我年长的人也叫我叔叔。他们都热情地跟我聊天,仿佛见到了我父亲。婚礼持续到了傍晚,喝醉的人很多,被没喝多的人架着、扶着离开,喧闹的气氛才逐渐消散。

我住在阿勇的房间,他去闹洞房了。这是这幢小楼的三楼,也是最顶层,被阳光灼烤了一天,夜晚的凉风吹过来才逐渐退去燥热。我关上窗户,院子里人们相互道别和谈笑的声音变得模糊起来。我回头看着屋内,墙上散放着摩托头盔、皮手套、武侠小说,还有香烟,椅背上面搭着几件圆领衫,被子也都团在一起。我猜想他一觉醒来发觉起晚了,着急忙慌地赶到码头去接我。从窗户能望见摩天轮,它停在半空,夜晚乐园关闭了,但巨大的广告招牌和霓虹灯依旧在闪烁。我关上灯，外面的灯光在窗边变幻闪耀，我慢慢地睡着了。

早晨响起敲门声，阿勇才回家，他醉意未消，倒在床上说："你今天走不了了。"我拉开窗帘，浓雾遮住了窗户，我开窗向外张望，眼前除了白色雾团，什么都看不清楚。昨晚还清晰可见的摩天轮此时毫无影迹，整个游乐园似乎都蒸发掉了。

实在无事可做，我和阿勇商量到游乐园转一转。浓雾导致客轮暂停营运，园子里几乎看不到什么人来游玩。我伸出手掌，雾气在我的手指间飘过。那些过山车、海盗船、旋转木马，以及童话城堡也在雾气里飘着，若隐若现。

走着走着，我和阿勇走散了。在我前面有一条岔道，我顺着路继续走，前面出现了一个人工湖。湖边停靠着十几只脚踏船，外形都是鸭子、天鹅和鸳鸯之类的水禽，用绳子连在一起，防止被大风刮跑。湖中间立着一只充气的大黄鸭，几乎占据了大半个湖面。此时，白雾围住大黄鸭，使得它看上去庞大突兀，又显得格外虚幻。它一直摇摇晃晃，有点儿不稳。我发现，这种不稳定在于它的身体正在漏气。它晃动着，逐渐缩小，当然泄漏的速度非常缓慢，你要长时间紧盯着才能看到这一刻与上一刻它硕大身躯的变化。

一个小女孩的声音响起来："大黄鸭！"随后，我看见了小女孩和她的父母，她父亲递过相机请求我为他们拍个合影。在取景框中，大黄鸭的脑袋在他们的上方，仿佛正把他们拥在怀里，小女孩笑得很开心，我觉得大黄鸭泄气的速度似乎在加快。"别倒下。"我自言自语，他们以为我在提示什么，同时伸出剪刀手，我把右眼紧贴在取景框上，赶紧按下快门，可那定格的画面上，除了这一家人的剪刀手和笑脸，后面是灰蒙蒙的一片，什么都没有，什么也看不见了。

(2016年)

物　神

我母亲有九个女儿,我是最小的那个。她近来经常这么说,不过,从小到现在,我只知道三个,大姐、二姐和我。她一说起九个女儿,我就笑一笑。八十多岁的人了,神志有时候不太清醒,这也正常。可她总是在说,几乎每天至少提起一次,她的两只手紧紧攥在一起,当她做了什么决定或是肯定某个想法的时候,就做出这个动作。她不是有意说给我听的,而是自言自语,仿佛我压根儿不存在。我有点儿迷惑了,去问两个姐姐。母亲将近五十岁的时候才生了我,之前的事情也许姐姐们知道。可是,她们说从不知道有这种事情。从她们记事开始,就只知道除了我们仨,没有别的女儿。

母亲跟我一块儿生活,我现在恢复单身了,原本的想法是我没什么负累,可以多照顾她一些。可我太忙了，回家的时候她已经睡觉，起床后她又去晨练，我出门上班。所以，我们相当于各过各的，周末姐姐们回来，我们才算真正有个家庭聚会。

对于母亲的变化，我们都不再觉得奇怪。从七十岁起，她把家里能遮盖的地方都遮住了，布沙发上是碎花布垫，靠背和两边的扶手搭着机织花边，五斗橱上面蒙着白色钩花台布，中间立着一只绿色玻璃花瓶，瓶身正面雕了两只翠鸟，里面却空着。对于里面那束被扔掉的塑料花，母亲一直都在埋怨我。尽管平时经常掸拂，逢年过节大扫除的时候放在肥皂水里浸泡，可时间太长了，那塑料花看上去总像是落满灰尘，洗也洗不干净。趁她不在，我给扔掉了，准备再买一束填补空荡荡的花瓶，可我过后又忘了这事。家里的其他地方，床上层层叠叠的，床背板和电视机屏幕盖着织巾，厨房里连抽油烟机都包在罩子里，台面上的瓶子、罐子上面盖几张报纸，无论找什么，都得翻开来看。除了垃圾，她几乎不扔任何东西。

以前的母亲不是这样的，她难以容忍混乱无序。我小时候的头发粗硬浓密，每天早上梳头对我来说是特别想逃避的事儿，无论怎么拉扯，头发还是缠绕在一起，怎么梳也梳不开。一旦时间来不及，我就胡乱扎上橡皮筋准备出门，母亲拽过我，左手拉住头发，右手使劲儿梳理。实在梳不通的时候，在水里蘸湿梳齿，那些纠缠的头发就被梳开了。她对姐姐们更加严厉，比如坐下要拉好裙摆并拢膝盖，吃饭不能发出声响。大姐挨打最多，我记得那次她梳完头发，脱落的长发缠在梳齿中间没及时清理，母亲立刻给了她一巴掌。

那时候我们没有多少东西，冬天一过，我们穿的棉衣也小了，母亲就去变卖掉，再置办春夏的衣服，就这样四季轮换。我们随着父亲的施工队走了很多地方，东西多了不便搬家，主要还是因为我们没有钱，母亲要想尽办法让我们的生活看上去体面一些。

"你们不觉得有这种可能吗？在有我们仨之前，妈有六个女儿，是不是都是跟爸生的就不好说了。"周末在厨房里，我再次跟姐姐提到这个话题。她俩觉得我被母亲影响了，想法也不太正常。

"怎么可能？以前她从来没说过，有哪个做母亲的能藏得住这种事情，一个都难，别说六个了。再说，有这个必要吗？"大姐本来懒得理睬这个话题，怕我着魔，想把我从偏执的猜想中拉出来。

她俩也只分别比我大两岁和五岁，母亲在接近四十岁的时候才生第一个孩子，在她生活的年代，这说不通，但她可能是特例。她从来没讲过家史，有时候看见什么水果、蔬菜会说"我们那时候可不是这样的"，或是天气变化就说"我们那会儿没这么热"，零零碎碎，说明不了什么。说不说的我们也不在意，我们见到的事情、要面临的变化实在太多了，经常得扔掉经历和记忆里的很多东西，才能走得动。

我记得第一次搬家时，我一直在哭，行李和人都上了蒙着篷布的卡车，我拽着屋子门口的柿子树，说什么也不走。树上的叶子都掉光了，金黄的柿子垂挂在树梢。我们还没来得及摘，连一口都没尝过就得离开。在车斗里，大姐从布袋里取出一个柿子，出门前她用竿子打下一个来，柿子表面还有掉落在地擦出的痕迹。我们每人咬了一口，就这么轮流啃，直到吃光。搬家的次数多了，我学会了怎么面对和克制这种依恋。直到父亲去世之后，我们再也不搬家了。

我醒来的时候，母亲已经在做早饭。我是被大风的呼啸震醒的，北风沿着外墙滚过，雷声偶尔从远处传过来，雪点打在铸铁栏杆上，丁丁当当地响。在刚才的梦里，什么都是反着的。春风拂面，连绵不断的车流突然一辆都看不到了，好像所有的车子都出了故障。街头从没有出现这么多身穿白衣的人，一个挨着一个，每一个人都走得很慢，朝着一个方向，他们的衣角被风吹起来。此起彼伏，就像周末上午晾晒在阳光之下的衣物那样是半透明的。

"春天下大雪，我还从没见过呢。我想一想，可能是吧，没有过。"母亲走到卫生间门口，我正在刷牙。

"要不改天再去？"我有点儿担心路况，天气比预想的还要糟糕，堵车是免不了的。

母亲不答应，说好了去探望病人。"我不去她会不高兴的，再说，她还是我的媒人呢。"她可从来没说过这事。

我轻踩刹车，路上的车子移动得很慢，行人的雨伞被风吹得扭曲变形，他们一个个地超过汽车，顶着风雪朝前走去。左侧靠过来一辆明黄色的小型旅行车，车窗玻璃在雪片中不那么清晰，一个面孔在车窗的方框里出现,那是一只牧羊犬,长毛垂落在耳侧,头顶上还别着一只黄色发卡,它的眼睛直盯着我。我想避开大狗的眼睛,把车往前挪动,可是前面蛇阵一样的车队动弹不了。我用手指抹了抹窗玻璃,让大狗清楚地看到我。我朝它微笑,那狗有点儿吃惊,随后它也笑了,没错,我看见它的嘴角向上翘起,仿佛是在表达对我做出回应的感激。车龙移动,狗脸也消失不见了。

"我也有过这样一只狗,毛倒是没这么长。它被人扔在街上,趴在一个鞋匠摊的旁边,我路过就喂它点儿吃的,后来它就跟我回了家。"母亲凑近车窗,盯着那张狗脸。

"你小时候,还是我们小时候?反正我不记得有这事。"我说。母亲的话里经常冒出这些陌生的话题,我也有意无意地搭上一句,至于她是不是想讲下去,全看她的心情。

"老五掉到河里,还是它救上来的。"

"谁?五姑娘?"

"狗走了,都走了。"

"我们怎么没见过其他六个姑娘,到底怎么回事儿?"

"是老大,老大的命大。"她改了口。我不清楚她说的是不是大姐。

开上立交桥,车子被分流到不同方向,道路开始通畅了。按照母亲的指点,我们到了一个老街区。从巷口拐进去,来到一个小楼跟前。我们走进大门,木质楼梯又陡又窄,红漆的扶手已经斑驳,楼道里堆着蜂窝煤。到了二楼右手的棕色木门跟前,我敲了敲门,门轴的吱呀声在耳边打了个结,停住了。开门的是母亲朋友的儿媳,老太太中了风,见到我们想说话却说不出来,眼泪一直在流。母亲拉着她的手,不停地安慰,讲起她们过去的事儿。

"咱俩一起看电影,出来外面下大雪了,公交车也不来,咱俩走回宿舍,那雪真是到了膝盖,走了一个小时才到,棉裤棉鞋都湿了,烤了一夜才干透,咱们裹着棉被躲在屋子里,我再没见过那么大的雪。"

母亲说话的时候,老太太又点头又摇头的,泪倒是不流了,她儿媳说:"我妈盼着你们来,一早就往窗外望呢,她要把这个给你。"她打开一个布包,里面是一条红格围巾。母亲接过去,问她:"这是你妈的意思?"

"她说不了话啊，比划了半天，我猜是要给你的，别的我也搞不懂。"

老太太眨着眼睛，不停点头，示意她收下。母亲握了握老太太的手，我看见她眼眶里有泪，她在我们面前从来没有哭过，不知道是不是年纪大了，什么都变得跟以前不太一样。

外面的雪已经在融化，春天的土地在解冻，地上到处是黑乎乎的雪泥，母亲走得很稳健。要不是有时候自言自语，或是说话有点儿颠倒，真看不出她有那么大岁数。

"她还留着它。"母亲看着那条褪了色的围巾说，"我们放学回家，不知道从哪儿飞来的一块石头打中她的后脑勺，流了挺多血，我拿我的围巾给她包住。那时候哪有药啊，她奶奶用面粉止血，伤好了，那里也总长不上头发。她头上每天包着这条围巾，那时间长得我差点儿忘了还有这条围巾，后来就干脆给她了。"

"这都过了几十年，她把围巾还给你，有点儿奇怪。"

"是这围巾自己想回来找我了。"母亲说，一点儿都不像开玩笑的样子。

最近母亲格外忙，不是她去别人家探望，就是别人来看她。晚上我回到家，她就坐在沙发上打电话，听对方讲话的时候，顺便瞥一眼电视节目。她不用手机，也不上网，宁可打家里的电话。对她来说，打电话也是不得已，比不上见面说话好，我不放心，劝她等我休息的时候送她去做客。她经常自作主张坐公交车到很远的地方，把我给她用来打车的钱都存起来。她出门带了什么我不知道，不过，她有时候拿回来的东西吓我一跳。

天气还是反反复复的，气温一直没有回升，晴天的时候倒是多了起来，一早我把被子拿到阳台上晾晒，发现晾衣杆上挂着一件婴儿的衣服，粉白色绒布的。姐姐的孩子都上了中学，我们家里没有婴儿。我去问母亲，她说："骆姨的孙女一岁了，她们要处理掉穿小的衣服，我就拿回来了，怎么能扔了呢。"

我有点儿受不了，问她："用不上的你也拿回来，家里不成回收站了吗？"

"我跟你说，我们以前从不扔东西，那些卖掉的也去了有用处的人家。不能扔，你怎么知道它们什么时候找回家来呢，它们记得回家的路。我奶奶总说做事留神一点儿,你去挑水,水里的神给你干净的水,你把水倒进水缸里,神帮你看护。衣服穿旧了,里面的神还在,小孩子的神可能也是小的,但是你不能随便丢了,它一直都在看护着人。"

关于神,她从来没有跟我说过这么多,但回想起来,她那些怪异的行为好像与此有关。过去,那些衣服在卖掉之前,母亲会念叨一些听不清更听不懂的话,再整齐地叠好,裹在包袱皮里拿走。我们问她说了些什么,她让我们放低声音,好像担心惊动什么,却什么都没告诉我们。那时我总是生病,不是咳嗽就是发烧,母亲陪着我,时不时用湿冷的毛巾给我降温。半夜里我醒来,打着哆嗦,看见母亲双手握着一根木筷子,正往水碗里插,她还是念着什么咒语,过了一会儿,筷子在水里立住了,她松了口气。第二天,我真的退了烧。

如果在我小时候她说这样的话,我肯定会处处小心,晚上可能被吓得睡不着觉。可现在,我将之视作老年人的怪癖。我们家过所有的节日,我说的不只是那些法定假日,对母亲来说,每个月几乎都有节日。季节转换,还有各种民间节日我们都过,她还打电话提醒各位姐姐不能凑合。这些节日在我看来无非是吃点儿象征性的食物，也没有多隆重，可母亲认为，即便只剩下吃东西这一项，也是不能省略掉的。到了这天，我们家不是包饺子，就是煮面条。可这些东西平时也在吃，跟过节没多少分别，但是她觉得还是不一样的。

来看望她的人总是带来各种各样礼物，包括食物。我母亲曾经是一个在口味方面非常固执的人。她的主食只能是米饭，一天三顿都是。当然，在我们随父亲住过的很多地方是吃不到米的，她也跟着我们吃面食。这种压抑和隔绝在我们回到家乡之后得以释放，她可以放开来吃米了。她对米的选择也变得挑剔起来，只能是产自我们这里的珍珠米，那些长粒香米在她看来不算好大米："太香了，米应当是没味儿的，不抢菜的风头。"

礼物里不只有米，还有各种奇怪的东西。那天我回家，在楼道里闻见一股气味，浑浊的香甜里混杂着异味，是榴莲。我到了家门口，屋门大敞，那气味不断涌出来，我妈和她的朋友正坐在餐桌前吃榴莲。这是她非常排斥的水果，但凡气味不好、味道怪异的食物她一概不吃。但是现在，她竟然吃得下气味浓烈的榴莲。

所有从前吃过没吃过的水果，她都把核或是籽留下来，种在阳台上的泡沫塑料箱里。每天她把洗肉、淘米和洗刷奶瓶的水都倒进去，那些种子大多没有动静，偶尔发出一点儿嫩芽很快就枯萎了。过去，我们住过很荒凉的地方，父亲就在屋前开垦出一块菜地，从播种那一天起，他就不让母亲帮忙，说她那双手，种什么都活不了。这话不假，有人送她一盆花，她就一直浇水，浇到根都烂了。要么就是彻底忘记，直到花枯死了才留意到。现在，她却热衷于栽种，不过也是顺手而已，她以为种东西就是把种子埋起来，然后浇水。

榴莲核也被她埋进土里。母亲晾衣服经过的时候会看上一眼，她也习惯对此不抱希望。但是那天早上，她告诉我种子发芽了。后来她就每天都去照看，直到嫩芽长到一尺高，我也觉得好奇，跑过去察看。箱子里长出十几株嫩芽，细长的叶子，看上去像是小麦苗。

我从来都没见过榴莲树是什么样子，只是觉得一棵树不可能长成一株草的样子，哪怕在它还没有长成的时候。我上网去查，果然那不是榴莲树的嫩芽。我把图片拿给母亲看，她当然不相信，问我："你说不是榴莲，那会是什么？为什么种下榴莲之后它长出来了呢？""我也不知道。"

那盆草越来越茂盛,把箱子都占满了。母亲只好又找了个泡沫箱子移出一部分,这样我家的阳台看上去如同微缩的麦田,到处是绿色。

母亲又开始提醒我们这个月的节日要到了。姐姐们问:"我们该吃饺子和面条?"有母亲在,我们都懒得为这种事情费脑筋。

"什么都不吃,可你们都得回来,我们要过神灵节。"从来没有这么个节日,她说的其实是鬼节,"我可不愿意把祖先和你们的爸爸当成鬼。他们到了天上也就成了神。"

父亲的坟就在我家后面的山上,每到清明节,通往山上的路就被来祭奠祖先的人群和车子给塞满了。鬼节到来的时候,人们在离家不远的十字路口,用粉笔画一个圆圈,然后在里面烧几叠草纸算是祭拜先人。这通常是中老年人做的事情,年轻人不得已跟着过来,看着父母烧纸,一心巴望着赶紧结束这古怪的仪式。

八月是天气最热的时候,我们走在上山的小路间,树木挡住酷热,我们感觉心情顺畅起来,好像那不是去祭奠,而是去野餐。我拎的袋子里有母亲准备好的烟酒瓜果，她自己捧着一盆草，就是她认定的榴莲苗。

姐姐买了鲜花，劝她不要带那盆草，她不答应，说："我要让你们的爸爸看看我种出了什么。"

我把父亲墓上掉落的树枝枯叶清理干净，姐姐换上鲜花，从酒瓶里倒了一杯酒，放在墓碑前。妈妈把榴莲苗跟鲜花并列放在一起，我们合掌，各自跟父亲说着话。

"你从来没见过榴莲，多好看，比花都要好。"母亲来祭奠父亲的时候，从来不会显露悲伤的神色，好像他一直都在，他们只不过是换了一种方式在说话。

她把脸转向我们，说道："一会儿把榴莲栽在这儿吧，我敢保证他喜欢这种甜味，气味闻起来虽说有点儿怪，可这都不算什么，最要紧的是，过一阵他在那边也能吃到榴莲了。"

(2016年)

异 乡

一只手在推她，她从小桌上抬起头来，眼前昏花，她知道是父亲在叫她。车窗外面天色暗黑，灯光一处连着一处闪过，让她看清了站台的轮廓。直到现在，她有时候半夜醒来，还是以为在火车上，听到父亲的呼喊正准备下车。到达的是她出生的地方，母亲无数次地说起过，那是母亲的家乡。与父亲争吵后，母亲的抱怨里总要提到这个地名，遥远得与她并没有多少联系的地方，现在她就在这里了。在此之前生活的那个偏远城市，每天都要生火炉做饭。母亲查看煤块是不是真正燃烧起来，躲避着呛人的煤烟，又开始说起瓦斯的好处。她根本不知道什么是瓦斯，听说火苗很旺，虽说他们用的煤块乌黑发亮，可每天生火要花很多时间。还有布拉吉，那就是连衣裙，但她不知道这名称来自俄语。她见过母亲年轻时穿布拉吉的照片,她烫了卷发,跟现在一点也不一样。

车上的人都动起来,准备下车。坐在同一排的那个男人脱掉鞋子,站到座位上伸手去够架子上的行李。刚才他在吃酥皮点心,一只手掌窝成小碗,点心团在手心里,另一只手小心地接在底下,碎裂的酥皮不停地掉到底下的那只手心里,慢慢积了一层。男人一心一意地与掉落的酥皮缠斗,对面的小男孩直盯盯地看了好久。他母亲从背包里取出一块绿豆糕,男孩也模仿吃点心的男人,用另一只手接着,可是,什么都没有掉下来。绿豆糕咬下去就是齐整的一块,即便有一点儿碎渣,也会弹起来,再掉到地上。到了到了,父亲拉住她的手,向门口走去。他们不是直接来这里的,没有直达的火车,他们从遥远的被别人叫作草原的地方去北京,其实她没有到过真正的草原,那么草原是什么样的呢?蓝天、白云、羊群,举着套马杆、骑在马背上的牧人,在所有关于草原的电影、图片上都是这些,包括钱币上的图案。她在赛马场看过马上特技,还有他们在学校里跳的模仿骑马动作的舞蹈。缓慢升起的蒙古长调,每天都会在任何角落响起,可是她却从没有见过草原。

你快六岁了,明年就要上学,还是回去看看吧。父母每四年有一次探亲假,她也大一些了,母亲才放心把她带回老家。有了一周岁时跨海远行的经历,这就不是她第一次出远门了。没有直达的火车,他们在北京中转。父亲出去办事,她跟住在招待所的一个年龄相仿的男孩从楼梯扶手出溜下去,大理石冰凉的手感让燥热的夏天也变得宜人起来。北京的夏天有点儿热,而在她家那边,从来就没经历过这种高温天气。还有酸奶,在灰白瓷瓶里冰凉酸甜,那根勒住瓶口蜡纸的橡皮筋,她拿在手里玩了很久,突然间崩断了。她哭了起来,那是她的玩具,出来只有几天,可想念母亲和弟弟的时候,这有弹性的玩具可以暂时抚慰她。随后父亲带她去商店,在玻璃柜里三个并排坐着的布娃娃中间,她挑了穿绿花连衣裙扎小辫的一个。那其实是有着塑料身体的玩偶,正圆的眼睛,上眼睑还描画了几根睫毛,鼓起的脸蛋上现出红晕,还有薄得仿佛用朱笔随便点上去的嘴唇。现在,塑料娃娃就在她怀里,什么时候她都抱着不撒手。她研究过那个身体,她的连衣裙里面是白色短裤,胳膊腿和脑袋都能转动。她卸下过塑料娃娃的胳膊和腿,里面是空心的。她把那些胳膊腿和躯干散落在床上，再一件件安装起来，她是在重造一个人，当塑料娃娃再次完整的时候，才算完全属于她了。

她跟着父亲一起下了车，紧紧搂着那个玩具娃娃。街上人很多，比他们那里多得多。他们跟着人群来到大街上。走在前面的一个女人穿着她在妈妈照片上看到的布拉吉，是比娃娃身上那件轮廓更清晰的黑色连衣裙。女人的细腰在走动时轻微摆动，在一群衣着相似的人群里格外显眼。她从未在她自己的城市见过这样的女人背影。他们上了一辆车，车顶上有一个圆圈连接在不断延长的电线上。"这是有轨电车。"父亲说。有轨电车开起来咣当咣当响，她挣脱父亲的手，跑到司机旁边。司机戴着白手套，不时推拉操纵杆。电车可真慢啊，慢吞吞行进在黑灰色的轨道上，有时候开到低洼的地方，她的视线被完全遮住了，电车慢慢向上爬行，过了一会儿她就看到远处仿佛突然升起来的楼房和大海。

他们敲着门，开门人一见他们就大声叫起来，里屋跑出来三四个大些的孩子，他们被迎进屋子。里外两个套间，外面稍大的一间靠窗是床，对面有一个窄小的火炕，上面坐着一个很老的老太太，她是姨姥的婆婆。每个人都打量着她，等到熟了，就过来摸摸她的脸，她的脸颊有一片红晕，而不像他们那么白。大点儿的男孩说她身上有青草的味儿，就连她圆脸上的红晕也是来自草原的证据。后来知道，这个男孩和另一个大点儿女孩都是姨姥的孩子，最小的两个。让她搞不明白的是，她得叫他们老姨和老舅。可他们不老，看上去比她大不了几岁。她从没这样称呼过他们，只是叫他们小雯和小兵。窗子敞开着，不时有蚊虫撞到尼龙窗纱上面，父亲与亲戚谈什么她都没有听到。一股很腥的气味飘进来，小雯拉她坐到窗台上，告诉她说，"前面就是海了"。电车咣当咣当开过去，电线不时碰撞出火花，声音持续到很晚。"这是最晚的车，差不多到半夜十二点，"姨姥告诉父亲，"习惯了就好了，不管怎么响我们都睡得着，真要没这声音还睡不着呢。"她累了，别人说话的声音在她耳朵里嗡嗡响成一片，很快她就睡着了，有轨电车的噪音她完全听不到。

那片海域其实是浅水湾，是一个废弃掉的盐场，被分割成整齐的盐田，现在那里填埋成了广场，越来越多的高楼立了起来。没有想到的是，后来他们一家又回到这里，这个他们以为只能不断想念的遥远的地方。电车轨道重新修过,延长到更远的地方。老式实木车厢都换成了流线型的银灰车体,再没有噪音了,有时候电车一声不响地从浓雾里钻出来会把人吓一跳。她还是喜欢乘坐有轨电车,电车穿过山间的丛林开到高架桥上,从这个地方可以看到海天交接的边线、楼群、一条不宽的河流、发电厂、废弃的厂房、击剑俱乐部、闹市、百货商店、麦当劳、书报亭、教堂屋顶白色的十字架,到终点站了。从这里转乘另一条线路的有轨电车,在这条线路上还看得到最老式的电车,其实也是新造的观光电车,车身上有精致繁复的花纹,木头座位上是绷着荷叶边的棉布坐垫。偶尔才看得到这种电车。在电车的一个单人座旁边,总放着一只白色塑料水桶,有时候空着,有时候盛了半桶水,如果突然急刹车,水会洒人一身。只要不是在上下班的高峰时间,宽敞的车厢非常舒适。她喜欢乘坐电车,从一端到另一端,在电车上还能看到姨姥家过去的房子,被其他楼房遮住了,只露出了一角。

那房子足有五六十年的历史了吧,也许不止,是不是日本人盖的,她也不清楚。过道和厕所都在楼外,他们常从一家跑到另一家的门口,从一楼到三楼,这个L形的楼房是一个迷宫,夏天每家敞着门,要想找到藏起来的人，就得一个门一个门地进去。没多久楼里的人差不多都认识她了，几乎所有人都喜欢问她点儿他们感觉好奇的事情，关于草原的，比如她是不是每天骑马上学，是不是饿了就顺手牵一只羊过来，宰杀后直接放到篝火上烤，然后拿起刀子割肉吃。她说当然不是了，他们不相信，如果她不按照蒙古族的风俗生活，为什么还住在草原上呢？她没法儿一一解释清楚，总是借着小雯叫她回去吃饭的喊声，挣脱开那些问东问西的人，跑开了。

  这个时候她才回想了一下为什么没有去过草原。父亲肯定是去过的，以前父亲经常出去几天或是十几天，他们收到过他寄回来的信，牛皮纸信封，上面写着母亲的名字和亲启的字样。母亲读过之后，并没有告诉她上面写了些什么。只是有一次过了很久，是比以往更长的时间，父亲在信里告诉他们具体的回家日期。她和弟弟一直在院子里等待，后来又跑到马路上，还是迟迟不见父亲。他们在路边拔狗尾草，苍耳长满毛刺的种子爬到裤子上，她小心摘掉，结果手指还是被扎到了。路灯亮起来，他们抛石子去打围着灯光旋转的飞蛾。直到吉普车停到路口，父亲下了车，他们抢着拎起他的包往家跑。父亲从来不会空手回来,他们在里面翻着,里面有又硬又酸的奶疙瘩、炒米和砖茶。父亲说:"如果你们到草原去,能吃到更多好吃的东西。"他们还真的出发了,去父亲挂职的部队探望他。到那里去要搭乘一趟长途汽车,几天才发一班。那是一辆很旧的公共汽车,车上坐满了人。车子开出城区,他们看到很多田地和逐渐稀少的房舍,司机身旁那个卧着的鼓包冒出了黑烟。他停下车打开那东西,鼓捣了半天,回头说发动机坏了,他们没法儿继续前进。母亲领着她,抱着弟弟,跟随其他乘客步行回城,走到市区的公共汽车站。他们走一阵就坐在路边歇一会儿。路边树下有不少杂草,麦田葱郁广阔,她以为那就是草原了。

在厨房里她第一次见到母亲念念不忘的瓦斯,蓝色的火苗从简易的黑铁炉灶里喷出来,嗞嗞地响。一会儿水就烧开了,不像生煤炉那样,总是把手染得黢黑。他们挤在姨姥的家里,小雯和小兵就到别人家借宿。每一顿主食都是玉米饼,起初她觉得新鲜,后来实在咽不下去,她又开始想家。早晨温热、喷香的油盐烧饼,金黄的小米粥,装在麻袋里好像永远也吃不完的沙瓤西瓜,羊肉干，味道特别的羊油馃子。一到夏天，他们把搁在床底的西瓜取出一个来，浸到水盆里。水从深井里打来，夏天也是冰凉的，浸凉的西瓜格外地甜。她想家，更想那些吃的东西，她觉得再也待不下去了，这不是她的家，不管母亲怎么想念它，每天提起它。她还清楚地记得，小雯带她去了一个饭馆，她吃了两碗米饭。那碗的容量是她现在使用的碗的两倍还多，就是说她差不多吃下去相当于现在四五倍的米饭，可她那时才五岁。这个事情被亲戚当成笑话告诉了母亲，母亲听了叹了口气。一直等到她对往事开始能够理解的时候，才知道那样一顿米饭，姨姥一家平时是吃不到的，一大家人要生活下去能吃的只有玉米饼，还有熬煮的大白菜，只是在菜出锅的时候才在锅里滴上几滴豆油。

前面的海湾能够钓到小虾，看到冒泡的地方掀开石头就发现一只指甲盖大小的螃蟹。怎么会有这么小的螃蟹呢？她把它放回水里，在石头上做了个记号，等它长大再说。看到最多的是海带和裙带菜，远处总有女人扎着花头巾，脚穿长筒胶靴，手里拎着铁丝做成的耙子挖海虹，捞海菜。她跟着那些半大孩子顺着山边走，有一些礁石，上面满是狮螺，尖的、圆的。那些厚厚摞着、长在一起的白色东西，就是牡蛎。"你猜猜里面有什么？"小兵问。他找了块石头用劲儿地砸，上面的硬壳飞出去，里面是一团奶白色黏糊糊的玩意儿，用手指碰一下，它马上缩紧。"这是它的心。"他说。她觉得有点害怕，也有点儿恶心，他却从地上找了个空贝壳做勺子，把那颗心挖出来吃了下去。不管过去多久，她都对生食海鲜没有兴趣，当地人喜欢的海鲜，她经常都想不起来吃，现在她明白了，她的确是从草原上来的人。

他们最后还是回到了母亲的故乡，这也是她出生的地方。离开这里的时候她一岁，母亲把她放在船舱的上铺转身收拾行李，她本来是坐着的，不知道怎么回事儿就从上面掉了下来，脸色青紫，没有了呼吸，父母都吓坏了，终于她哭出声了，这才让他们的迁徙没有变成灾难。父亲再讲这件事的时候语气轻松，无论什么一变成陈年旧事就是这样。再回来时，抱怨的是她和弟弟，他们总是做梦，海边的天色是蓝的，却没有高原上干净，山是绿的，也不如屋后的青山高大。他们早忘记了寒冷的冰凌，迷眼的黄沙。就算是想起好久等不到一辆的公共汽车，也没有让他们觉得不方便。要等对过去的思念全面褪色之后，有轨电车才会显现出它的优越性来。

　　他们返乡依旧是乘船，跟当初离开时一模一样。船舱里除了他们一家，还有另外两个出差在外的男人。她要求睡在上铺，浅黄的水曲木床上铺着白棉布床单，枕头和毛毯也套着白布套子，刚刚换过，还隐隐闻得到皂粉的气味。圆形小舷窗外面是嘈杂的人声，她盼望着尽快离开岸边，一艘轮船漂浮在大海中是不是与纵马苍茫的草原同样感觉，无从比较，直到他们彻底远离生活了十年的边塞城市时，她都没有到草原上去看一看。在离别的时候，她并没有留恋不舍，为什么她总是这么容易地就割断了与曾经生活过的城市的联系，似乎她有可以立即再生的根，不在乎在一个新的地方发芽生长。真的是这样吗？她每天都在做同一个梦，邻居的孩子跟她同班，她俩步行去她郊区的姥姥家。太阳很毒，她们拉着手，走在树荫下。快到的时候，她们躲到路边的玉米地和葵花地里。那些庄稼比她们高得多，那女孩总有办法找到开心的事，她很瘦，起身一跳就够到了向日葵，她们从还没成熟的果盘里抠出瓜子，淡灰色的瓜子是软的。她还记得当她们走进门的时候，姥姥很意外，端水给她们洗脸。在梦里她们总是在走，走过玉米地、葵花地、土豆地、西瓜地，就是到不了姥姥家。

她没对任何人讲她的梦，她越来越不爱讲话了，好像她是另一个世界的人。她异地生活的唯一痕迹是口音，不知道为什么她那么固执地保留着原先的口音，她的问句总是以升调结束，每当这时候旁边就会有一个男生模仿她的语调，周围的人大声哄笑。从前她没有留意过自己口音的特征，其实她所说的普通话最没有特征，但是在这个方言世界里，她显得奇异，格格不入。她时常听不懂别人在说什么，听课也变成了一种折磨。后来她不断遇到方言问题，这个时候她却能从说话人的发音方式推测他来自何方，这完全变成了乐趣。十之八九她能猜准，如果那人来自她曾经生活过的地方，她就会感觉亲切，好像的确有什么地缘和语言的纽带把他们连接起来。回过头再想，她又会觉得这件事有些可笑，她当时爱过那个地方吗？这很难说。但是一旦远离了那里，她又会寻找那些隐藏很深的与过去相关联的情感踪迹。

父亲领着他们来到甲板上，金属梯子缓慢地从船体上移除，缆绳也松开了，客船一点一点地校正方向，朝着他们的目的地行驶。天气很好，没有云的蓝天，比边塞那蓝色琉璃一样的天空多了些闪亮的银色，她和弟弟跑到船头，那里已经围拢了很多人，船头的尖刃破开海浪，匀速地向海的深处开进。那么多的海鸥，跟她五岁时候看到的一模一样，只是更多了，一直跟着轮船飞行。"它们是在觅食被船撞晕的小鱼。"父亲说。这个时刻的快乐不会使她想到今后她将面临的迁徙带来的困境，那些玻璃碎片一样的记忆，有时候还会从某个角落里发出微光来，忧伤的暗紫色。但是她还是喜欢蓝色和绿色，是不是因为这一直是她生活的背景色呢？可能是吧，很多事情其实是找不到合理的解释的，可是，她不是总是在问自己这个为什么那个为什么吗？一旦穷根问底过了头，她才觉出这样的固执经常戳疼的是自己。

有轨电车到达终点站，白色十字架在红砖教堂的尖顶上十分醒目。从这里换车就上了另一条有轨线路，电车沿着弯弯曲曲的道路驶过，再走过一个缓慢的下坡，就到了另一个绿顶的教堂。到了火车站，再换乘另一条线路，电车继续向前。在一个小广场下车，步行十几分钟，又会到达一个信徒众多的教堂。每次从被黑色铸铁栏杆围住的院落经过的时候，她听到里面庄重空灵的颂唱，厅里没法容纳那么多人，年长者坐在马扎上，戴着花镜，虔诚地跟着诵读。再往相反的方向折返，是香火缭绕的寺庙，周围有几家卖佛教用品的商店，一家供佛教徒歇脚吃饭的素食店。向西南出了城区，在山明水秀的地方有一个更大的寺庙。这个捐建的寺庙倚卧在山峦之内，寺院内香火缭绕，墙外寂静无声，汽车声、脚步声、交谈声似乎都消弭在虔诚的默祷里。从寺庙返回市区，接近中午时分到郊外游玩的汽车排起长龙。轻轨电车正在修建，就要延伸到这里了，到那时就只有二十分钟车程，甚至比在市区内开车的时间还要短。那个绿色的俄式火车站也要停运了吧，缓慢的绿皮火车每天早晚运送通勤的人们来来往往，白天时段车上都是些观光客。如果不急于去看那些历史遗迹和风景点的话，乘坐慢速行驶的火车是更好的选择。山、海、农舍在视野里清晰而和缓，没多久就在一站停下，就这样走走停停，慢吞吞地到达终点。

还有人选择乘坐出租车，在城郊交界的地方，每天都有一长串的红色出租车等候拼车的客人。有时候她喜欢到这个混乱的地方来，小贩推着木制三轮车卖各种当季的反季的水果，女的头戴花头巾，男的一律棒球帽，手上拿着一把刀，专心削切菠萝坚硬的外皮。傍晚，这些推车上亮起煤油灯，火苗在玻璃灯罩里嗞嗞作响，小贩们向过往的路人夸赞自己的水果如何出色。烤羊肉串的火炉前面总是有人举着肉串在吃，脚前放着一瓶啤酒。一个三四岁的小男孩，趁人不注意把花店的水桶推倒，四处乱跑，躲避责骂和追赶，他像一只放养在山上的雏鸡无法无天。不远处那些笼子里等待挑选的公鸡，倒是真正在山里放养长大的。狭窄的长形地段被蔬菜和杂货摊围住，汽车误入这个拥挤的地段，司机与行人之间的争执是免不了的。拎着柳条篮子卖东西的小贩挡住道路，管理员探出身子顶多呵斥几句，就又躲到他的小岗亭里喝茶去了。一个老头在卖鸟儿，有时候是鹦鹉，偶然带来一只八哥儿，漆黑的羽毛，凌厉的眼神，不时摆摆头显得很不屑。旁边的人用懂行的口吻谈论如何训练它说话。把它舌头上的一层表皮揉搓掉，那舌头就会变得无比灵巧，能模仿人的语言，词汇之多是你根本想象不到的。但是，怎么去抓住它的舌头呢？那细窄滑溜的舌头，还没等你把手伸出来，它坚硬的长喙早就啄了过来，被它啄了是很疼的。

　　从前这里是有轨电车的始发站，五岁的时候她并没有到过这儿,直到十几岁第一次来,像是出了趟远门。从这里上车一直向北,姨姥的家就在这条线路的终点上。老楼还在那儿,不知道还有没有人居住。亲戚到了她这一辈都疏于联系了,只有母亲与她的表姐妹们还时有来往。姨姥刚刚去世,没有任何疾病,用母亲的话说就是老死了。这个爱热闹的老太太,话不多,却时刻准备出现在任何能够出现的场合,耳背,也听不懂小辈们的交谈,可还是固执地端坐在儿孙家的沙发上。

楼下的一个姑娘上来找小雯,她皮肤很白,细长迷蒙的眼睛,长辫在背后轻轻晃动。她们提到小兵的名字,看到她过来就把门关起来。她觉得好奇,可是她们把声音放得很小,一点也听不清楚。姑娘家就在他们楼下,她去过,见过姑娘绣的花,就是常见的金鱼、牡丹什么的,不过针脚很细致。她家白色的门帘上是一只红色的小鸟,爪子牢牢抓在树枝上。她们嘀咕了一会儿,姑娘要下楼去,走过来把手里握着的几颗红枣放在她手上说:"刚才差点儿忘给你了,是我老家亲戚捎来的,你尝尝吧,草原上没有。"再下楼的时候,她看见姑娘跟小兵说话。看到她,他们就分开了。小兵手里握着一块手绢，那是最普通的花手绢，不过这上面印的是梅花，她自己的那些手绢上面不是兔子就是鹿。姑娘的名字是叫什么梅吗？她不记得了，小兵后来参军离开家，他结婚的对象不是那姑娘，姑娘一家后来搬走了。老式的楼房里没有暖气，取暖就烧蜂窝煤，这可比乌黑发亮的煤块差多了。烧尽的整块蜂窝煤要用火钳取出来，已经变成灰色，里面残留着暗红的余烬。小雯带着她到楼外的垃圾箱倒炉灰。哗的一声把簸箕倾倒下去，一只野猫蹿出来把她们吓了一跳。小雯在垃圾箱口上磕了磕簸箕，夜晚声音格外响，她用炉钩使劲敲了又敲，干脆敲出鼓点，直到楼上有人开门喝止，她们才跑开了。后来所有的消息都是从母亲那里得知的，有关小雯和小兵，他们的职业还有他们的儿女，这些事情在她听来都很陌生，她的记忆还停留在五岁那年。

早晨父亲把他们叫醒，天快要亮了，他们匆忙吃了点东西就要去看日出。船舱外面的人很多，出乎她的想象。在任何可以看到日出的风景点，等待日出就像一个必须经历的隆重仪式。在高山上，人们住在山顶的旅馆，租不到房间的，就找个避风的地方彻夜不睡，等待日出那短暂的几分钟。身上穿的军大衣也是租来的，山下热气袭人，山上的气温却可能到了冰点，但这丝毫不能阻碍游人的热情。如果因为天气的原因没法儿看到，人们会抱憾终生。拿出家庭影集向来客介绍自己的旅行经历，兴致勃勃的讲述结束时，不免要遗憾地说道："可惜天公不作美，没有看到日出。"看样子这次他们不会失望的，天气晴好，在天际处已经冒出了金红的光晕，渲染的范围不断扩展，很快太阳就跳出来了，她再也没看到过那么大那么近的太阳。他们是回乡的游子，不再漂泊了。从这次日出开始他们就留在了海边，但是再也没有去看过日出，即便是夏天游客挤满了海滩和街道，她没想过到海边去。她没有当地人的生活习惯，他们满怀骄傲地向外地来客夸耀这个城市时，她完全像个局外人。现在外地口音的人很多，她那固执不变的口音这时才不再显得特别。学校课本上不止有一篇有关日出的课文，她却觉得没有什么触动，无论什么文字都比不上她在海上看到太阳升起的那个时刻。可她自己又讲得出吗？完全不能，那是一种无法表达的最为细微和隐秘的感触。

本来有轨电车经过的路上能够看到宽阔的海面，但是现在被四处竖立的几十层高楼遮挡。唯一可以在桥上看到的海，电车只要几秒钟就开过去了。这个城市与别的城市看上去没什么不同，电车驶过的不同路段，不同的建筑样式代表了当年全国建筑的流行风格。比如在楼顶上不明所以的彩色架子，楼房外立面脏兮兮的鸡屎黄色，跟多年前的火柴盒造型一样糟糕。她在一本设计杂志上看到自己住的公寓，竟然与悉尼的一处楼房一模一样。不喜欢的书可以不看，不喜欢的建筑每天都要被强制性地按在视线里。忽略掉这些，不少的地方她还是喜欢的，夏天有人挎着彩色救生圈穿过马路，扛着鱼竿的老头，穿着短睡衣遛狗的女人，卖煎饼果子的小推车，挂满剪子、烟斗、指甲刀、俄式望远镜的地摊，还有一个卖老头礼帽的小摊子。这是一个重要的车站，红色指示灯会亮几分钟等待上车的乘客。电车启动前，连续三声提示音，节奏犹如倒计时的读秒声。她会在等车的时候顺便在旁边的杂货店买一支糖葫芦，当地人叫作笠糕，是不是这么写，没人说得清楚。当初听到有人把红薯叫作地瓜的时候，她愣了半天，当然，现在她也称之为地瓜。

夏天的时候他们避免到海边去。日落时分人群照样拥挤在海滩上，遮阳伞都收起来了，出租点的小贩也收拾东西准备离开，地上铺着一块块的塑料布，上面堆满衣服和食物，其他人到海里游泳，留下一个人坐着看护东西。太阳不再直射，不必在进入海水之前往身上涂抹防晒霜了。对于外地游客来说，一天的灼烤足以使浑身褪掉一层皮，眼见着皮肤由白而红由红转褐，再丝丝拉拉地疼痛，直到表皮如同蚕蜕一样卷曲脱落，这个过程要持续很长时间。脱掉泳装，只有被遮挡的地方留下白皙的泳衣痕迹。

　　他们偶尔会在冬天到海边去。观光客明显减少，海水离防波堤还有一段距离，风格外冷，在一个突然冒出的青铜塑像旁边，一个年轻人正被他的恋人摄入镜头，他摆出跟塑像相仿的奔跑姿势，女孩不断调整方向，似乎不准确一些就辜负了小伙子生动的形象，这更让他疲惫不堪，那股兴冲冲的劲头在来往过客的注视下变得松懈和不耐烦了。一个小孩坐在电动摇摆车里，儿歌伴随车子的晃动一遍又一遍地重复着，显然这个孩子很陶醉，当父亲要把他抱走的时候，他挣扎着继续坐下，拉扯了半天，直到哭着趴在父亲的肩头。海鸥一只也见不到了，但在草丛和楼群中间，喜鹊倒是时常出现。这是比麻雀还要警觉的鸟类，远远的，他们黑白分明的身体在树枝和草地上跃动，一旦觉察到有人逼近的危险，它们就立即飞开。想要把它们拍摄下来，那也几乎只能是企图。本来在取景框中处于中心位置的喜鹊，等到快门响过之后毫无踪影，只剩下静止画面中的空旷虚无。除了寒冷凄凉的海面，其他没什么可以看的景物，这个时候才会觉得夏天让人心烦意乱的人群其实也是风景的一个部分，没有了玩沙子的小孩以及与海浪追逐的游人，海的确有些乏味。最主要的问题还是，在海边根本待不长，冷风刺透棉衣，让脚掌也变得潮湿冰冷，如果不赶紧离开迟早会感冒的，的确，身边那个留影的年轻人在长久的静立之后打了个大大的喷嚏。

有时候她觉得自己的身份很奇怪，如同一个外来者，始终不能适应这里。比如说海胆，当地人叫作刺锅，外表都是褐色尖利的芒刺，剖开外壳，里面是充满浅黄色颗粒的黏液。趁着新鲜把酱油和辣根混合的调料浇在上面，用小勺舀着吃。如今这在酒店是价格昂贵的海鲜菜肴，她第一次吃后呕吐不止，以后只要看到这东西就恶心，听说外来者生吃海胆很少有不出问题的。生鱼片和赤贝她倒是可以吃一点，但是当看到旁边的人能够一碟一碟地吃下去的时候，她还是目瞪口呆。当地人讲过，他们的晚饭有时就买几只螃蟹和海螺，或是两三斤蛤蜊煮煮吃，在她看来那没什么好吃的，但是她喜欢看生鲜市场那些稀奇古怪的海鲜，被摊贩精心地摆在花岗岩的台子上，螃蟹和虾要活蹦乱跳的才有人买，而黄花鱼、偏口鱼、黑鱼都整整齐齐地码放着，鱼眼圆睁，识货的人扒开鱼腮看看，如果红润新鲜，就挑出一条，摊主手戴黑色橡胶手套，很麻利地用刀切除内脏，刮净鱼鳞。她小时候很难吃到这么新鲜的鱼，冰冻的带鱼是父母单位发放的年货，偶尔在浅滩抓到的小螃蟹被母亲剁碎，掺和到玉米面里做烙饼吃，在那时候这也算是美味了。她专注于另外一些活动，比如人家乘船到岛上钓大鱼，她却捡一堆石头硬是给背了回来。她在海边看到过一团团漂浮在海水里半透明的东西，那是死去的海蜇，躯体不知怎么就被肢解了，让人无法想象这曾经是一种生物。海洋里的生物，对于她而言永远是种类繁多难以辨清的。

喜爱新鲜海货的人们会跑到海边等待出海归来的渔船，显然渔民捕获的种类主要是为了饭店和这些尝鲜的人。鱼虾还活着，在柳条筐里跳动，过秤之后被等待的人们装在汽车后备箱里带走了。还有二道贩子，摩托车后座改装成马口铁制的密封箱，海鲜连同海水装进里面，骑手戴好头盔后，发动引擎绝尘而去。

"每隔一段时间，我们就要为红漆地板打蜡上光。地板很老了，与楼房的老旧程度相当，有些殷勤的人为了表明上进的心迹，甚至还跪在地板上拼命擦拭。大多数人是把抹布踩在脚底下，溜冰一般地从教室的一端滑到另一端。"她在给小贝的信上写道。那个时期的好多事情忘得差不多了，给地板打蜡的情景却总是浮现出来，有时还会光顾她的梦境。把铁盒里的地板蜡抹在抹布上，用力在地板上蹭，艰涩的阻力常常让他们费尽力气，直到地面逐渐变得滑溜了。抹布上、跪在地板上擦地的人的膝头都染上了红色。阴郁的暗红色差不多就是那段时间的底色。除了这个不断出现的情境，对于青春期她觉得没什么可以记取的。在留影上，黑框眼镜、中性化的夹克掩盖着她正在发育的身体，她恨不得把自己完全隐藏起来。另一些女孩却拼命把校服改瘦，课间偷偷地照镜子，在厕所里她们谈论的话题是身体的变化。

她的身体似乎在移居之后放缓了发育的速度。如果不是脑侧那两根辫子，从外表上几乎看不出她是女孩。之后没有人相信她是当地人，那些泼辣高挑的女孩儿，她与她们反差很大，她的瘦小常使人把她当作南方人。她母亲回忆陈年往事的时候最愿讲的是他们认识的两家人如何在医院抱错了婴儿，那两个孩子在长大之后都不肯回到亲生父母身边。她开始怀疑自己与双亲的血缘关系，但是，她的眼睛就是母亲眼睛的翻版，她的嘴唇留有父亲遗传的印记，对于这个根本无需考证的明显特征她感到沮丧。在离开那个地方之后，她与父母之间似乎也变得若即若离了。她试图挣开母亲的触须，但是她知道还没有能力摆脱，这种抗拒一直持续，直到成年。

除了擦地板，最好玩儿的事情还是与你有关，在写给小贝的信里她勾起她们共同的回忆。那时她俩在不同城市的大学里，几乎每周都在通信。与她的沉默寡言不同，小贝爱说话，她也把抗拒直接付诸行动。因为穿高跟鞋她被罚去刷厕所，可班主任是男的，他只好命女生去验收，小贝穿着高跟鞋往便池里一遍遍倒水。过一段时间就会发生的冲突，让她们在学校里沉闷的日子稍稍有些变化。她们再也没有了联系，她只知道小贝的父母迁回山东老家了，那段生活彻底变成了记忆。电车的终点站恰好是她中学的所在地，那栋老楼依旧存在，只是不知道地板是不是翻新了，一届又一届的学生是不是还要大力擦拭那暗红的地板。她再也没有回去过，她跟过去的联系彻底断了。

时间总会退回到他们在船上那一天，就是从那儿他们上了岸，开始了另一段生活。她和弟弟轮流从很小的舷窗往外张望，又跑到甲板上看风景。起初看到追在轮船后面的海鸟，他们还感到兴奋，但很快就厌倦了，除了灰茫茫的海，周围什么都没有。船在风浪里颠簸，他们不得不回到舱里，躺在床上尽量不动，免得恶心呕吐。同舱的两个男人一直没动地方，可能出门在外的时候多了，对这些景色早已见怪不怪。一个正在给另一个讲故事，那来自一部外国电影，一个芭蕾舞女演员与一个军官相恋，但是命运阴差阳错，女演员后来撞车自杀了，讲完他俩沉默了很长时间，那种沉默是不是一种说不出的悲伤，她不知道，但她自己好像是的。她在颠簸的黑夜睡了过去，直到早霞从舷窗透进来，他们跟着父亲来到船头，看着太阳从海上、从薄雾中一点点升了起来。

　　黄色的风沙从来就没有停止过，春秋两季要在脸上罩上一层纱巾才出得去门，那其实就是沙尘暴，但她早已把恶劣的气候忘得干干净净了。在这里他们要经历冬天的海风，冰冷刺入骨髓，但没有风的时候却让人心醉。每年夏季台风到达这里时势头就减弱了，真正的台风她经历得非常有限，大颗的雨点打在窗户上变成了急流，熄火的车子被主人奋力向前推动，他们想拼命逃脱摇摆树木的坍塌。污水从淤堵的下水道喷涌出来，到处是水，街道几乎看不出来，在昏暗的天色下，世界仿佛回到混沌的太初。这是多么不同的两个地方，干燥的黄沙和潮湿的水雾，这不可调和的天气始终在她记忆的两端。在沙尘里他们背对风势缓慢地行走，每个人的动作都被拖长放缓，在疾雨里他们奔跑，跑到任何可以躲雨的地方，等待雨慢慢停下来。这两个画面奇特地对接在一起，让她恍惚觉得只要按动快进键，时间也是可以跳跃着向前或者向后移动的。

（2007年）